문장의 희곡:
다니자키 준이치로의 레제드라마

문장의 희곡: 다니자키 준이치로의 레제드라마

초판 1쇄 발행 2021년 6월 21일

지은이 다니자키 준이치로
옮긴이 나승회
펴낸이 강수걸
편집장 권경옥
편집 강나래 신지은 김리연
디자인 권문경 조은비
경영관리 공여진
펴낸곳 산지니
등록 2005년 2월 7일 제333-3370000251002005000001호
주소 부산시 해운대구 수영강변대로 140 BCC 613호
전화 051-504-7070 | 팩스 051-507-7543
홈페이지 www.sanzinibook.com
전자우편 sanzini@sanzinibook.com
블로그 http://sanzinibook.tistory.com

ISBN 978-89-6545-733-6 93830

* 책값은 뒤표지에 있습니다.
* 이 저서는 한국연구재단 인문사회 중견연구자지원사업으로 수행한 〈1910~40년대 한, 일 소설가의 레제드라마 창작에 대한 고찰〉(과제번호 NRF-2017S1A5A2A01027732)의 연구 결과물로 작성되었다.

문장의 희곡:
다니자키 준이치로의
레제드라마

읽는 희곡을 꿈꾸며

나승회 옮김

산지니

차례

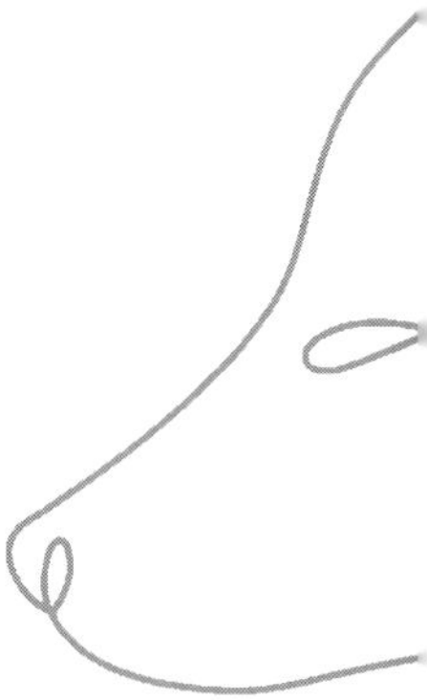

일러두기

- 본 역서는 다니자키 준이치로(谷崎潤一郎)의 희곡 창작물(레제드라마)을 번역한 작품이다.
- 저자 다니자키 준이치로(谷崎潤一郎)는 이하 다니자키 준이치로, 또는 다니자키로 통일한다.
- 각 작품의 번역은 아래의 초출을 비롯한 여러 판본 및 『谷崎潤一郎全集 1~30』(中央公論社, 1981~1983) 등을 참조하였다.

  『사랑을 느낄 무렵(恋を知る頃)』(植竹書院, 1913)
  『기혼자와 이혼자(既婚者と離婚者)』(大阪日日新聞, 1917.01.06)
  『흰 여우 온천(白狐の湯)』(「新潮」新潮社, 1923 / 『愛なき人々』 수록, 改造社, 1923)
  『만돌린을 켜는 남자(マンドリンを弾く男)』(「改造」改造社, 1925 / 『赤い屋根』 수록, 改造社, 1925)
  『돈을 빌리러 온 남자(金を借りに来た男)』(「改造」改造社, 1926 / 『潤一郎喜劇集』 수록, 春秋社, 1926)
  - 문장 중의 강조점, 말줄임표 등의 문장기호는 원문을 따른다.
  - 원문의 예시, 인용, 대화문 등의 문장기호는 ' ' 또는 " "로 표기한다.
  - 한자표기 및 인명, 지명, 외래어 등은 원문의 기재 내용을 따른다.
  - 직역이 부자연스러운 경우, 문맥이 통하는 범위 내에서 의역한다.
- 역자 주는 번호로 표시하고, 각주 형식으로 기입한다.
- 원문에 등장하는 문학작품 및 영화, 잡지, 기록, 미술품 등의 제목은 원문에 표기되어 있는 그대로 『 』, 《 》, 「 」 등으로 표기한다.
- 숫자는 기본적으로 아라비아 숫자로 표기한다.
- 저자가 외래어 표현을 다용(多用)하고 있으나 외래어의 대부분이 원어가 생략되어 있어, 한글의 외래어 표기법에 따라 표기한 후 ( )에 최대한 원문을 보충하여 표기한다.
  - 인명, 지명 등의 고유명사는 일본어 발음을 바탕으로 외래어 표기법에 따라 표기한다.
  - 저자가 외래어의 원문을 표기하지 않은 경우, 역자가 원어를 보충하여 표기한다.

사랑을 느낄 무렵

사랑을 느낄 무렵(恋を知る頃)

등장인물

신타로	니혼바시 바쿠로초(日本橋馬喰町)[1] 인근 무명 도매상의 아들
시모우사야 산에몬	신타로의 아버지
오마사	신타로의 어머니
오스미	야나기바시(柳橋)[2] 요정(料亭) 가가와(香川)의 여주인, 산에몬의 첩
오킨	오스미의 딸
리사부로	시모우사야(下総屋)의 수석 점원
오시게	신타로의 유모
오토라	시모우사야의 심부름꾼, 하녀
오하쓰	시모우사야의 심부름꾼, 하녀

1 1878~1947년에는 도쿄부 도쿄시(東京府 東京市) 니혼바시구(日本橋区)의 지명이었으나, 현재 도쿄도 주오구(東京都 中央区) 북부의 한 지역.

2 도쿄 다이토구(東京都 台東区) 남동부의 지명. 에도(江戸)시대부터 유흥가로 유명한 지역.

오하나	가가와의 식모(하녀)

그 외 신타로의 학우 몇 명

시간	1891년(메이지 24) 무렵
장소	제1막 아사쿠사 다이치(浅草代地)[3]
	제2막, 제3막 나혼바시 바쿠로초

3 야나기바시의 별칭. 당시 화류계(花柳界)로 알려진 스미다가와(隅田川) 인근을 가리킨다.

제1막

요정 가가와의 내부. 무대 좌측에 다다미 여섯 장 크기 남짓한 방 한 칸 — 이곳을 계산대(臺)로 사용하고 있다. 방 왼쪽의 맹장지[4] 주위에 카운터용 격자를 설치하여, 옆 기둥에 각종 출납장부(通帳), 편지꽂이 등을 걸고, 그 바로 위 천장 가까이에 신단을 모셔둔다. 방 뒤쪽은 흙으로 벽을 만든 창고로 이어지고, 정면의 좌우 양면 여닫이문 왼쪽에 울금주머니로 싼 샤미센(三味線)[5] 두 대, 오른쪽에는 찻장. 찻장 위에 경대(鏡台), 탁상시계를 올려 두고 그 앞에 직사각형 목제 화로가 뒤쪽으로 돌려진 채로 놓여 있다. 방 오른쪽은 장지문(障子), 그 바깥쪽은 복도를 사이에 두고 목욕탕 입구의 판자문을 마주 본다. 복도 안쪽에 정면을 향해 계단이 놓여 있다. 춘분(春分)날 오후 두 시경.

4 햇빛을 막기 위해 창살의 안팎에 두꺼운 종이를 겹으로 발라서 방과 마루 사이나 방과 방 사이의 칸을 막아 끼우는 문.

5 3개의 현(弦)으로 이루어진 일본 고유의 현악기.

제1절

오스미　오킨　오하나

오스미, 실제로는 37, 8세이지만 서른 전후로 밖에 보이지 않는 중년 여성. 이제 막 아침식사를 마친 참인 듯 혼자 화로에 기대어 앉아 신문을 읽고 있다가, 바로 무릎에 던지고 담뱃대에 담배를 채우면서 날카로운 목소리로 부른다.

오스미 오킨, 어떻게 됐어? 아직도 못 찾았니?

오킨 아니, 찾았어요, 엄마, 이거 아냐? (창고 안에서 대답하면서 찬합을 가지고 나와 여닫이문 앞에 선다. 어머니를 닮았고 한층 더 아름답고 윤기가 흐르는 여성. 나이는 17세. 키가 크고 얼굴이 작으며, 눈에서 코로 시원스럽게 이어지는 영리한 외모 덕분에 오히려 두세 살 더 나이가 들어 보인다. 명랑한 말투, 활발한 행동거지, 어딘가 말괄량이 같은 모습이

있다. 머리를 시마다(島田髷)[6]로 묶고 깃이 달린 줄무늬 겹옷을 입는다. 맨발)

오스미 아, 그거, 그거. 거기에 오하기 떡[7]이 몇 개쯤 들어갈까?

오킨 그러게요. (찬합 뚜껑을 열고 한 치 정도의 분량을 어림잡는다) 우리 집 떡은 크니까 그렇게 많이는 안 들어가요.

오스미 수고스럽겠지만, 네가 그걸 들고 잠깐 바쿠로초에 갔다 와 주렴. 지금쯤이면 아마 아버지도 계실 거야. 변변찮지만 모처럼 우리 집에서 만들었으니 맛보시라고……, 엄마가 그쪽에 말씀드리긴 하겠지만, 몸이 안 좋아서 2, 3일 자리에 누워 있었다고 하든지 뭐든 좀 둘러대

---

6 일본 여자 머리 모양의 하나. 앞머리 · 옆머리를 밖으로 튀어나오게 하고 머리를 정수리에서 틀어 올려 중간 부분을 머리끈으로 매는 방식. 당시 주로 미혼 여성이나 결혼식장의 신부가 시마다 머리를 묶었다.

7 찹쌀에 멥쌀을 섞어 쪄서 가볍게 친 다음 둥글게 빚어 팥소, 콩고물 등을 묻힌 떡, 오하기(御萩餅). 일본에서는 춘분과 추분에 오하기 떡을 불단에 올리고 먹기도 한다.

어 말해줘.

오킨 오늘은 싫어.

오스미 왜?

오킨 왜 그러긴…… 하녀 둘 중에서 아무나 보내요.

오스미 항상 바쿠로초라면 좋아라 하면서 달려가는 얘가 이상하네. 하녀를 보낸다 하더라도, 노부는 아까 구라마에(蔵前)[8]에 들려 보냈고, 오하나는 손이 비지 않아서 네가 가지 않으면 달리 심부름 보낼 사람이 없어.

오킨 그러니 이제 곧 노부가 돌아오면 들려 보내면 되잖아요. (찬합을 옆에 두고 화로 옆으로 쓰러질 것처럼 한쪽 무릎을 세우고 앉는다)

오스미 그래도 되지만, 넌 지금 어디 나가니? 오늘 밤

8 도쿄 다이토구에 위치한 동네 이름.

에는 아버지도 오시니까 집에 있으면 좋겠는데.

오킨 누가 외출한다고 했어요? …… 나 사실 엄마한테 할 얘기가 좀 있는데. 오늘은 사람도 없으니까 딱 좋을 것 같아서요.

오스미 또 지난번 이야기야?

오킨 음, 뭐 그렇지. 오늘 밤 아버지가 오시면 꼭 엄마가 상의해 주셨으면 해요.

오스미 너도 참 답답한 소리 하네. 그 이야기는 요전에 말한 대로니까, 지금 말을 꺼내면 분위기가 안 좋아. 엄마도 이런저런 사정이 있으니까, 좀 이해해 줘. (툭툭 담뱃대를 화로 모서리에 털어 내던지고, 오른손으로 화로 끝 마루에 턱을 괸다) 너도 올해 아직 열일곱이잖아. 뭐 당장 시집가자는 것도 아니고, 아버지도 대충 알고 계시니까 너무 조르지 않는 게 좋을 거야.

오킨 엄마한테 어떤 사정이 있는지 모르겠지만, 내게도 사정이 있어.

오스미 건방진 소리 하지 마. 너한테 무슨 사정이 있다는 거야? 정말로 너만큼 부모 자식 간에 정이 없는 사람도 없을 거야. 아무리 부귀영화를 누리고 싶다고 해도 그렇지, 부모 곁에 있는 게 그렇게 싫은 거니? 바쿠로초에 들어가면 분명 주인집 아가씨이긴 하겠지만, 그런 고지식한 가게는 규칙이 꽤 까다로워서 우리 집에 있는 것처럼 편하게 지낼 수 없어. 거짓말 같으면 어디 시험 삼아 2, 3일 가 있어봐. 외아들 신타로도 있고, 하인은 많고, 너 같은 방종한 여자애는 한나절도 못 참을 테니까. 주인 마나님은 알다시피 약삭빠른 사람이라서, 하기야 입으로는 "오킨을 데리고 있고 싶다"고 말하지만, 어디 믿을 만한가. 또 너희 아버지도 그래, 아무리 남편의 위세가 대단한들, 첩이 낳은 자식을 데리고 와서 곧바로 신타로와 같은 대우를 받게 하면 집안의 기강이 서지 않으니 당분간 기껏해야 하녀와 함께 생활하게 하는 정도일 거야. 어린애 주제에 넌 도대체 너무 조급해. 시집갈 때까지 엄마 집에서 지낸다고 해서 특별히 지장이 있는 것도 아닐 텐데, 하루라도 늦게 가는 게 내게도 도움이 되니까 그 점을 잘 생각해 줬음 좋겠어.

오킨 엄마, 내가 무조건 편하고 싶어서 부탁하는 게 아니야. 어차피 본가에서 오라고 하면 늦고 빠른 차이는 있겠지만 결국 마찬가지니까. (오른손을 품에 넣고, 왼손으로 똑같이 마루에 턱을 괴고 노려보듯 어머니의 얼굴을 바라본다)

오스미 그게 같은 게 아니라니까. 사실, 내 입장에서는 너라도 양육하지 않으면 너희 아버지에게 그렇게 많이 자금을 끌어낼 수 없으니까 우리 쪽 계획이 확 틀어져 버리잖아. 엄마를 위하는 마음이 있으면 너도 그렇게 인정 없는 말은 못할 텐데 말이야. 아무래도 난, 너한테 사내라도 생긴 게 아닌가 하는 생각이 들어.

오킨 농담으로라도 그렇게 말하면 곤란해. (냉담한 말투)

오스미 (점점 격해진다) 그럼 뭐 그렇게 서두를 까닭이 없잖아. 누군가 너에게 꾀를 일러준 녀석이 있겠지.

오킨 훈수 따위를 들을 내가 아니라니까. 엄마가 그런 말을 할 때마다 우리 집 분위기가 너무 싫어 죽겠어. 하루라도 이런 장사를 보고 있는 게 싫어. 그러니 견실한 집안에서 받아주면 어서 빨리 몸종이든 뭐든 좋으니까 가서 제대로 살고 싶은 거야. 호적 따위 어디에 들어가 있든 상관없어.

오스미 흥, 무슨 낯짝으로 잘도 그런 말을 하는지 모르겠네. 자신의 평상시 행적을 좀 돌아보렴. — 부모를 너무 우습게 보지 말란 말이야.

오킨 그러니까 됐어. 어떻게 해도 엄마가 허락해 주지 않으면 내게도 생각이 있으니까. (뾰로통하게 어머니의 옆에서 떨어져서 왼쪽에 있는 카운터 책상 앞에 앉아 두루마리 종이에 뭔가 쪽지를 쓰면서) 지금까지 내가 꽤 도움이 됐을 거니까 이 정도의 일은 들어줘야 될 텐데. 남의 일이라고 함부로 사내가 있다느니 뭐니 하지만, 엄마도 바쿠로초 아버지에게 알려지면 곤란한 일이 있잖아? 만약 내가 짓궂게 나온다면 어떻게 할 생각이야?

오스미 (약간 불안해하는 눈빛) 너 부모를 협박할 작정이냐? 이런 가당찮은 딸도 있구나. 그런 짓을 하면 나뿐만 아니라 너도 그 집에 못 가게 된다고.

오킨 네, 그럼요, 엄마만 고생시키지는 않을 테니까.

오스미 네 멋대로 해. (강하게 내뱉었지만 여전히 불안한 표정으로 한동안 말없이 마주 보고 있다)

오하나, 욕실 문을 열고 어깨띠를 건 채 두 손 끝에서 김을 내뿜으며 복도에 나타난다.

오하나 (어깨띠를 걷어 젖히고 장지문 바로 옆에 정좌한다) 주인 아주머니, 목욕물 받았는데 목욕하러 들어가시겠어요?

오스미 그래. (찻장 위의 탁상시계를 돌아본다) 아직 두

시 반이네. 난 좀 이따가 할게.

오킨 그럼 내가 먼저 할래. (일어서서 옷가지를 카운터에 벗어 던지고 긴 속옷 한 장만 걸친 모습이 되다)

오스미 (오하나를 향해) 그리고 말이야, 오신이 돌아오면 이 찬합에 오하기 떡을 넣어서 바쿠로초에 보내라고 말해 줘.

오하나 네, 알겠습니다. (찬합을 받아 들고 다다미방을 빠져나와 왼쪽 맹장지로 나간다)

오킨 (목욕탕 입구에 서서 복도 너머로 방 쪽을 돌아보며) 엄마, 지금 한 이야기는 잘 생각해 봐요. 이제 더 이상 더 부탁하지 않을 테니까.

오스미 몰라. 정말 맘대로 하든지. 너 같은 녀석은 내 자식이라고 생각하지 않을 거니까.

오킨 흥. (하고 비웃듯이 코웃음을 치며 욕조에 들어가 안에서 삐걱 하고 덧문을 잠근다)

제2절

오스미 산에몬 리사부로

산에몬 신타로 리사부로, 왼쪽 맹장지를 열고 방으로 들어간다. 산에몬은 51, 2세의 뚱뚱한 남자. 부드러운 용모. 노포(老舗)[9]의 주인다운 차분한 복장. 리사부로는 27, 8세의 체격이 당당하고 다소 젊은 기운이 넘치는 미남. 머리를 단정하게 나누어 빗고, 무늬 없는 검푸른 호박단(緞) 직물로 만든 하오리(羽織)[10]에 줄무늬가 있는 수수한 유키(結城)[11]의 겹옷을 입었으며, 바탕을 오글오글하게 짠 비단 앞치마를 매었다. 오른쪽 손에 도시락 상자를 들고 방에 들어가서, 오킨이 벗어 던진 옷가지를 눈여겨보더니 일부러 그 옆에 앉는다.

오스미 어머, 어서 오세요. 아주 빨리 오셨네요. (자신

9 조상 대대로 번창하여 내려온 유명하고 신용 있는 가게.

10 일본 옷 위에 입는 짧은 겉옷.

11 이바라키현(茨城県) 서부의 유키(結城)지방에서 나는 줄무늬가 있는 질긴 명주 또는 무명 직물.

의 자리를 산에몬에게 양보하고, 오킨의 옷가지를 창고 안에 던져 넣으면서 바지런하게 차를 끓이고 과자를 내놓는다)

산에몬 아, 피곤하다. (기지개를 켜고 털썩 엉덩방아를 찧듯이 앉는다)

리사부로 와, 정말 오랜만입니다. 오늘은 춘분을 맞이해서 절에 참배하러 이마도(今戶)[12]까지 다녀왔습니다.

오스미 (화로 옆에 앉는다) 아아, 그래요? 날씨가 좋아서 다행이에요. 이렇게 따뜻하니 슬슬 꽃구경 갈 날도 얼마 남지 않았네요.

리사부로 그렇겠죠. 이제 4, 5일 지나면 우에노(上野)[13] 부근에는 조금씩 피기 시작하겠지요. 아, 그리고 이건 주인 아주머니께 드리는 선물입니

---

12 도쿄 다이토구 북동부의 한 지역, 스미다가와에 면해 있고 선착장으로 번성했으며, 이마도토기(今戶燒)로 유명하다.

13 도쿄 다이토구 서부지구의 지명. 에도(江戶)시대 이래의 번화가이며 행락지로 유명하다.

다. (하고 도시락 상자를 건네준다)

오스미 어머, 뭐예요? 고마워요. (도시락 상자를 손에 받아 들고 본다) 아니, 그럼 산야(山谷)[14]에 들르셨어요? 오랜만에 장어덮밥 도시락이네요. (상자를 찻장 위에 올려 둔다) 정말 고마워요.

산에몬 장어를 먹고 싶은 마음에 멀리 돌아서 갔더니 피곤하다, 피곤해. 아무래도 초봄에는 날씨가 좋으면 먼지가 나서 견딜 수 없어. (수건을 꺼내 얼굴을 문지른다) 목욕물은 미리 준비해 두었겠지.

오스미 네, 지금 막 오킨이 들어갔어요. 이렇게 일찍 오실 줄 알았으면 아무도 안 들이고 그냥 두었을 텐데.

산에몬 그 녀석은 다른 사람보다 목욕을 오래해서 기다리는 게 쉽지 않아. 어디, 세수만이라도 할

---

14 도쿄 다이토구 북동부에 있던 지명. 지금의 기요카와(清川)·니혼즈쓰미(日本堤)·히가시아사쿠사(東浅草) 부근을 가리킨다.

까. (일어서서 복도에서 욕실 문을 열고 안을 들여다본다. 그 틈으로 김이 복도로 새어 나온다)

오킨 (목욕탕 안에서) 어머, 죄송해요. 언제 오셨어요?

산에몬 지금 왔어. 세수할 거니까 물 한 통 떠다오.

오킨 저 이제 곧 나갈 거예요.

산에몬 네가 말하는 이제 금방이 언제가 될지, 뭐 괜찮으니까 반나절이든 하루든 뜨거운 물에 푹 몸을 담그고 있으렴.

오킨 어머 너무해요. 호호호.

산에몬, 욕실 문을 닫고 안으로 들어간다.

제3절

오스미 리사부로 산에몬 오킨

리사부로 잠깐 실례합니다. (허리를 굽히고 오스미 앞을 지나서 복도로 나가 덧문 앞에서 양손을 짚고, 일부러 높은 어조로) 저기요, 주인 어르신.

산에몬의 목소리 (목욕탕에서) 뭐냐.

리사부로 저는 먼저 물러가려고 하는데, 가게에 볼일은 없으신지요?

산에몬의 목소리 아, 오늘 정말 수고했네. 별다른 일이 없으니 식사라도 좀 하고 가게나.

리사부로 아닙니다, 괜찮습니다. 오늘은 이미 배불리 먹어서 아직 든든합니다.

오스미 (화로 옆에 앉은 채 말을 건다) 그래도 뭐 어때요. 리사부로 씨, 괜찮잖아요? 목욕물에 몸 한번 담그고 천천히 쉬었다 가면 되죠.

리사부로 아뇨, 감사합니다. (다시 한층 더 목소리가 높아진다) 오킨 씨, 편히 목욕하세요. 오늘은 못 뵙고 가네요. 이만 실례하겠습니다.

오킨의 목소리 (유난히 맑은 말투로) 어머 그래요? 그럼, 안녕히 가세요.

리사부로 (오킨의 인사를 듣자마자 방으로 돌아와서 오스미 앞에 공손히 앉는다) 앗, 대단히 실례 많았습니다.

오스미 아니, 리사부로 씨, 괜찮으니까 좀 더 놀다 가세요.

리사부로 모처럼 권해 주셨는데 죄송합니다. 다음에 또 뵙겠습니다. ……

오스미 (일어서려는 리사부로의 손목을 붙들고) 아니 뭘, 그렇게 거절하지 말고요.

리사부로, 곤란한 듯이 가만히 서 있다.

오스미 정말 오랜만인데 특별히 볼일이 없으면 천천히 놀다 가요. 주인 어르신도 리사부로가 젊은 사람답지 않게 가게에서 크게 한몫한다고 항상 칭찬하시지요. 알다시피 신타로는 아직 어린애라서 앞으로도 더욱 리사부로 씨가 힘써서 주인 어르신의 오른팔이 되어 주지 않으면 가게도 곤란할 테니까요.

오킨 (막 목욕을 마친 후 긴 속옷을 몸에 걸치며 욕실에서 나와, 수건을 입에 물고 성큼성큼 방 안으로 들어가서 어머니와 리사부로의 사이에 선다. 물방울이 뚝뚝 떨어질 것 같은 싱그러운 모습) 엄마, 내 옷은 어디 갔어?

오스미 창고 안에 있을 거야.

오킨 그래…… 리사부로 씨, 잠시 실례해요. (얼른 옷을 입으려 하지 않고, 찻장 위에서 경대를 내려서 그곳에 올려 둔 채 긴 속옷 차림으로 웅크리고 앉아 화장을 시작한다. 그 모습을 리사부로가 물끄러미 바라보고 있다)

산에몬 (목욕탕 문을 반쯤 열고 벌거벗은 상체를 복도에 내놓는다) 이봐, 누구든 상관없으니까 등 좀 밀어 줘.

오스미 어머, 당신 목욕하세요?

산에몬 응, 오킨이 웬일로 눈치 있게 빨리 목욕을 끝내 줘서 말이야.

오스미 그럼 제가 씻겨 드릴게요. …… 리사부로 씨, 주인 어르신이 금방 목욕 끝내고 나올 거니까 정말 천천히 놀다 가세요.

리사부로 본의 아니게 실례가 많습니다.

오스미, 기모노[15] 자락을 걷어 올리고 목욕탕으로 사라진다.

제4절

오킨 리사부로

---

15 일본 옷(着物).

오킨 (화장을 하면서 작은 소리로) 리사부로, 자기 너무해. 가끔씩 오면서 자꾸 돌아가겠다니 그렇게 내가 싫은 거야?

리사부로 그렇게 심통 부리지 마. 너무 꾸물거리고 있으면 오히려 주인 어르신이 눈치채실까 봐 일부러 그런 말을 한 거야.

오킨 사람이 목욕탕에 들어가 있어서 왔는지 모르고 있는데 만나지도 않고 돌아가다니, 정말 야박하게 말하네. 난 몸도 제대로 못 씻고 뛰어나왔지 뭐야.

리사부로 목욕탕에 있다면서 모르긴 뭘 몰라? 이야기 소리 정도는 들렸을 텐데, 느긋하게 오래 목욕을 하고 있으니까 일부러 그곳까지 인사하러 가 준 거야. 그런 말 하면 난 돌아가겠어. (담배갑을 허리에 차고 일어선다)

오킨 아니, 리사부로, (사내의 앞치마를 붙잡고 억지로 앉힌다) 할 이야기가 좀 있으니까, 응, 화내지 말고 있어 줘.

리사부로 굳이 돌아가고 싶진 않지만, 네가 너무 내 맘을 몰라 준다니까.

오킨 나, 드디어 조만간에 바쿠로초에 양녀로 들어가게 됐어. 실은 오늘 말이야, 조금 나쁜 방법이지만, 엄마를 협박해 두었으니까 아마 잘될 것 같아. 그러면 아침부터 밤까지 매일 자기 얼굴을 볼 수 있어. 자기는 귀찮아할지도 모르겠지만……

리사부로 (놀란 모습으로 무릎을 바싹 다가선다) 오킨, 너 정말로 나 때문에 바쿠로초에 오는 거야?

오킨 자기를 만나고 싶어서가 아니라면 누가 술김에라도 저런 갑갑한 곳에 가겠어? 지금처럼 서로 떨어져 있으면 만난다 해도 이틀이나 사흘 간격이고, 그것도 불과 한 시간이나 두 시간뿐인데, 난 지루하고 초조해서 견딜 수가 없어. 게다가 제일 먼저, 자기가 내 눈을 속이고 주색에라도 빠지지 않을까 걱정이 돼서 말이야. ……

리사부로 그런 걱정은 이쪽에서 할 일이지. 바쿠로초에 양녀로 가게 되면 넌 명색이 주인집 아가씨야. 그때 가서 버림받는다 한들 하인의 슬픔을 주인집 딸이 알 리가 없지. 정말로 오킨, 바람피우면 용서 안 해. (속옷 위로 여자의 무릎을 눌러 계속 꼬집는다)

오킨 꼬집으려면 꽉 꼬집어야지. (꼬집히면서 양손을 머리로 뻗어서 아무렇지도 않게 귀밑머리를 바로잡는다) 그렇게 날 의심하고 있다면 증거를 보여줄까?

리사부로 (이제 손을 놓는다) 아무리 증거를 보여줘도 변심하면 그만이야.

오킨 아니, 이건 진짜 비밀인데, 네가 들으면 분명 안심할 거야.

리사부로 뭐야, 그건.

오킨 엄마와 나 말고는 세상 사람들이 모르는 일이니까 정말 다른 사람에게 말하면 곤란해.

리사부로 괜찮아.

오킨 사실은, 리사부로. 난 주인 어르신의 아이가 아니야.

리사부로 어, 그러면 대체 누구의 아이인 거야?

오킨 (리사부로의 귓가에 입을 대고 소곤소곤 고한다) 저기, 아무한테도 말 하지 말아줘.

리사부로 음 …… (갑자기 불쾌한 표정을 지으며 우울해한다)

오킨 리사부로, 내가 자기를 좋아하기 때문에 엄청난 말을 해 버렸어. 제발 정나미가 떨어진다고 생각하지 말아 줘. (교태를 부리듯 생긋 웃으며 기모노를 가지러 창고에 들어간다)

리사부로, 팔짱을 끼고 생각에 잠긴다.

제2막

시모우사야(下総屋) 안쪽, 무대 오른쪽에 안채의 객실이 있고, 왼쪽의 뒤뜰을 바라보고 있다. 마당 뒤에는 겐닌지(建仁寺)[16] 절 담장을 에워싸고 약간 왼쪽에 나무로 만든 문이 나 있다. 출입문보다 조금 더 왼쪽, 마당 한쪽에 만개한 벚꽃이 두세 그루 심겨 있다. 다다미방 정면의 툇마루에서부터 징검돌이 벚나무 정원 사이를 가르면서 출입문으로 이어진다. 다다미방은 여주인 오마사가 하녀들과 바느질을 하는 곳이다. 새로 지은 건축물은 아니지만 기둥, 툇마루의 판자 색깔 등이 그야말로 옛집답게 반들반들하게 닦여 있다. 방 뒤쪽은 아래쪽을 종이로 덧바른 벽에다, 오른쪽은 적당히 낡은 두 장의 당지(唐紙)[17]로 구분되어 있고, 뜰에 면한 왼쪽과 앞쪽은 가운데에 유리를 끼운 장지문을 열어젖혀 두었다. 어

16 교토시 히가시야마(京都市 東山区)에 있는 임제종(臨済宗) 겐닌지파(建仁寺派)의 대본산.

17 중국에서 건너온 색무늬가 있는 고운 종이.

린아이의 장난으로 보이는 낙서가 벽이나 당지, 장지문 곳곳에 그려져 있거나 구멍이 뚫려 있다. 방 중앙에 큰 화로가 세로로 놓여 있다. 4월 초순의 오후, 화창하고 졸리운 햇살이 장지문과 뜰에 아름답게 비친다.

제1절

산에몬　오마사　오토라　오하쓰

오마사, 쉰 살 정도의 뚱뚱한 여자. 화로의 오른쪽에 앉아 재봉용 공그르기대(臺), 재단판, 옷감을 앞에 두고 열심히 인두질을 하고 있다. 오마사의 오른편 앞쪽으로 반원형을 이루며 오토라와 오하쓰가 나란히 앉아서 바느질을 하고 있다. 끝자리의 오하쓰는 몸을 반쯤 정면 툇마루 쪽으로 쑥 내밀고 문지방 끝에 앉아서, 열어젖힌 장지문에 등을 기대어 왼쪽 방향으로 고개를 숙인 자세를 취한다. 오토라와 오하쓰는 20세 전후.

오마사 오하쓰야, 저쪽 장지문을 닫아 주렴. 너무 눈부셔서 열이 올라 상기되는 것 같구나.

오하쓰 정말 따뜻하네요. (일어서서 왼쪽 툇마루의 장지문을 닫고 온다) 오늘은 일을 하고 있으면 왠지 졸려서 잠이 올 것 같아요.

오마사 너희들 데리고 꽃구경 한번 갈까? 신타로가 가고 싶어 하는데, 꼭 데려가 달라고 매일 조르니까 곤란해서 말이야.

오토라 가게 사람들은 얼마 전에 여럿이서 놀러 갔다 왔대요. 리사부로든 쇼든 간에 모두 시뻘겋게 취해 춤을 추면서 돌아왔지요.

오하쓰 남자들이 부럽구나.

산에몬 등장

산에몬 오마사, 거기 있는가? (말을 하면서 오른쪽 맹장지를 열고 바쁘게 들어온다)

오마사 무슨 일이세요?

산에몬 갈아입을 속옷 좀 꺼내 줘. 몸이 끈적끈적해서 기분이 나쁘군. (품에서 수건을 꺼내 겨드랑이의 땀을 닦는다) 오늘은 되게 따뜻하네. 이상하게 손발이 나른한 날이야.

오마사 오토라야, 다다미방[18]의 장롱 두 번째 서랍에 주인 어르신의 속옷이 들어 있으니까 가지고 와 줘.

오토라 알겠습니다. (맹장지 쪽으로 사라진다)

오마사 여보, 오늘 오스미 씨가 오킨을 데리고 온다는 이야기를 하지 않았어요?

산에몬 (툇마루에 멈춰 서서 뒤쪽으로 팔짱을 끼고 뜰을 바라보면서) 음, 여하튼 오늘이 길일(吉日)이라면서 데리고 온다고 했었지.

---

18 원문(原文)에는 다다미(畳)를 여섯 장 깔 수 있는 '六畳' 넓이의 방으로 표현되어 있다.

오토라, 속옷을 가지고 온다.

산에몬 (방으로 들어가서 오토라 쪽으로 등을 돌려 기모노를 벗고, 속옷을 갈아입히게 하면서) 오스미도 잘 알고 있겠지만, 데리고 오면 당분간 사람들과 함께 일이라도 시켜 봐야겠어. 지금껏 편하게 지냈으니 좀 건실하게 가르쳐야 본인한테도 도움이 될 거야. (옷을 다 갈아입고 화로의 왼쪽에 엉거주춤한 자세로 앉아서 말하기 시작한다. 오토라는 원래 있던 자리로 돌아간다)

오마사 그 아이에 대해서는 하인들도 대충 사정을 알고 있어서 그렇게 일을 시키면 제 마음이 편하지는 않을 텐데, 잠시만 참고 견뎌 달라고 하죠.

산에몬 본인도 편히 지내고 싶으면 이제 와서 이쪽 집으로 오고 싶어 할 이유가 없겠지. 원래 참하고 조신한 여자가 되고 싶었으니, 하녀를 부린다는 마음으로 꼭 데려가 달라고 그쪽에서 말하니까 나도 그럴 요량으로 가르칠 거야.

오마사 오토라와 오하쓰도 그렇게 알고 있고, 괜히 어중간하게 불필요한 배려는 하지 않아도 된다.

오토라 아, 네.

산에몬 이름을 부를 때도 역시 지금까지와 마찬가지로 오킨이라고 하면 좋을 것 같아.

오마사 하지만 아시다시피 신타로가 장난꾸러기라서 고용인을 대하듯이 오킨을 때리거나 발로 차지 않을까, 저는 그 생각을 하면 마음이 괴로워요. 머지않아 꼭 그렇게 한다니까요. 지난번에도 참, 어쨌더라, 오하쓰의 등에 부글부글 끓는 주전자를 집어 던졌었죠? 하마터면 큰 화상을 입힐 뻔했다고요. 집안일 돕는 하녀든, 가게 점원이든 마음에 들지 않으면 상관없이 괴롭히니까, 쇼키치 같은 사람은 커다란 몸집을 하고서는 엉엉 울어 대면서 야단법석 이라니. 그 아이 덕분에 우리 집 고용인들은 상처가 아물 새가 없네요.

산에몬	흠, (가볍게 코웃음 친다) 너무 장난을 쳐서 곤란한데. 오늘은 아직 학교에서 돌아오지 않은 모양이지?
오마사	네, 곧 올 거예요. 항상 친구 아이들을 네다섯 명이나 데리고 와서 정원에서 술래잡기를 하는지, 다다미방에 올라와 연극놀이를 하는지, 그야말로 대단한 북새통이죠. 노는 것도 좋지만, 좀 보세요, (방의 사방을 둘러본다) 이렇게 벽이든 당지든 장지문이든 전부 구멍투성이로 만들어 버린다니까요.
산에몬	잠시 바깥에서 놀라고 하면 되잖아.
오마사	그게, 걔는 이상하더라고요. 집에 있으면 으스대는 주제에 밖에 나가면 꽉 다문 조개처럼 아무 말도 못하고, 도무지 패기가 없으니 어떻게 문밖에 나가겠어요? 가끔 놀러 나가면 곧바로 누군가에게 괴롭힘을 당해서 훌쩍훌쩍 울며 돌아와요. 그러니까 학교 선생님들은 이 녀석의 장난을 전혀 몰라요. 항상 저랑 만나면 얌전하고 아주 착한 아이라고 칭찬하시

죠. 하긴 대견하게도 학교 성적만큼은 좋지만 말이예요.

산에몬 특별하게 공부도 안 하는 모양인데 학문 쪽이 그리 싫지는 않은 거겠지. 뭐 괜찮아. 열두세 살에 너무 주눅 들어 있으면 곤란하니까.

오마사 다른 고용인이라면 몰라도 오킨이 다치기라도 하면 정말 제가 중간에서 난처한걸요.

산에몬 아이인 데다 아무런 상황도 모르니까 종업원에게 대하듯이 조금은 억지를 부리겠지. 가게 사람이든 하녀든 신타로를 쓸데없이 꼬드기지 않도록 당신이 잘 일러두었으면 좋겠군. 언젠가 알려야 될 때가 되면 내가 말해줄 테니까.

오마사 그러게요. 너희들도 신타로에게 쓸데없는 걸 가르쳐 주면 안 돼.

오하쓰 네. (오토라와 함께 고개를 끄덕인다)

오마사　　도련님, 사실 오킨은 누나예요, 라고는 차마 말할 수 없으니까 말이야.

오토라　　설마요, 마님, 걱정 마세요.

산에몬　　어디 보자. (기지개를 켜며 일어나 맹장지 저편으로 사라진다)

제2절

오마사　신타로　오토라　오하쓰　신타로의 학교 친구 3명

신타로 나이 12, 3세. 얼굴이 희고 체격이 가냘프면서도, 신경질적인 느낌이 드는 갸름한 얼굴의 소년. 감색(紺色) 무명천의 통소매 솜옷에 두꺼운 무명으로 만든 각대(角帶)[19] 앞치마를 매었다. 학교의 휘장이 붙어 있는 제

19　(일본 옷에서) 겹으로 된 빳빳하고 폭이 좁은 남자용 허리띠.

모(制帽)를 쓰고, 맨발에 눈신발(雪駄)[20]을 신었다. 학교에서 돌아오는 길인지 가방을 왼쪽 겨드랑이에 메고 있으며, 깨끗하게 고쳐 쓴 습자지를 오른손에 들고 뜰의 출입문으로 뛰어 들어온다. 그 뒤로 비슷한 연배의 아이들 3명도 뒤를 따라 들어온다.

신타로 다녀왔습니다! (활발하게 말하면서 툇마루에 걸터앉아 가방과 습자지를 방 안으로 집어던진다) 엄마, 과자 좀 주세요. …… 너희들, 모두 이쪽으로 와. (친구를 손짓해서 부른다)

3명의 아이들 아주머니, 안녕하세요. (이구동성으로 오마사에게 인사하고, 신타로와 나란히 툇마루에 걸터앉는다)

오마사 신타로야.

신타로 뭐? (앉은 채로 엄마 쪽을 돌아본다)

---

20 눈이 올 때 신는 신발. 대나무 껍질로 만든 '조리(ぞうり: 일본짚신)'의 밑바닥에 가죽을 대고, 뒤꿈치에 쇠붙이를 박은 것.

오마사 뭐, 가 아니지요. 가방이나 습자지를 이런 곳에 내팽개치는 사람이 어디 있어? 그건 버릇없는 짓이니까 학교 선생님한테 혼나요. — 지금 엄마가 과자를 갖다 줄 테니까 오늘은 밖에서 놀아요.

신타로 응.

오마사, 안쪽으로 사라진다.

신타로 (신발을 벗고 툇마루로 올라간다) 내가 이제부터 창고에 가서 장난감 상자를 메고 올 테니까, 너희들도 함께 와서 도와줘.

오토라 (무서운 눈으로 신타로를 노려본다) 도련님, 방금 어머니께서 말씀하셨죠? 오늘은 밖에서 놀아요, 라고.

신타로 그러니까 친구들 도움을 받아서 장난감을 밖으로 가지고 나간다고 하잖아? 누가 집 안에서 논다고 했어? 건방진 소리 하지 마. (갑자기

오토라의 어깨를 걷어찬다)

오토라 (휘청휘청 넘어지면서) 봐요, 또 행패를 부리시네요!

오하쓰 그럼, 장난감을 가지고 와서 밖에서 노세요.

신타로 상관없으니 모두 올라와.

아이1 어어, 올라가도 괜찮아?

신타로 상관없다니까, 큰 상자가 서너 개나 있으니 너희들 모두 와서 도와줘.

아이2 자, 됐다!

아이3 하나, 둘, 셋!

아이 3명, 툇마루로 뛰어 올라가서 신타로의 뒤를 따라 우르르 맹장지 뒤쪽으로 달려간다.

제3절

오토라 오하쓰 오시게

오시게, 좌우의 손에 과자접시와 찻쟁반을 들고 아이들이 활짝 열어젖힌 맹장지 한쪽으로 들어온다.
나이 51, 2세의 고지식한 노파.

오시게 도련님?

오토라 방금 창고에 장난감 가지러 들어가셨어요.

오시게 어, 그래. (정면의 툇마루에 과자와 차를 놓고, 오하쓰와 마주 보고 다다미방 가장자리에 웅크리고 앉는다.

오하쓰 할머니, 오늘부터 오킨이 일하러 온다면서요?

오시게 그렇다는데 말이야. 일하러 오는 건지 뭘 하러 오는 건지 모르겠지만, 도무지 믿을 수가 없어. 반년쯤 지나면 우리 집 아가씨인 양 행세할 작정이겠지.

오하쓰 정말 그럴 생각일까요?

오시게 그럴 속셈이 틀림없잖아. 그런 방종한 여자애가 조신하게 고용살이를 하겠다니, 누가 곧이곧대로 받아들이겠나. 본래 오스미라는 사람 자체가 도저히 마음에 안 든다니까.

오토라 오킨도 벌레 한 마리 못 죽일 것 같은 얼굴을 하고 있는데, 오히려 방심할 수 없는 거죠. 가끔 가게에 오면 내숭을 떨면서 얄미울 정도로 눈치 빠르게 말을 잘하잖아요.

오하쓰 거기에다 또 우리 주인 마님은 너무 지나치게 이해심이 많으세요.

오시게 정말 그렇고말고. 그 아이가 시집이라도 가면 모르겠지만, 지금부터 거두어서 돌볼 필요는 없지. 설령 주인 어르신의 피를 이어받았다 해도 호적에 들어오지 않는 이상, 난 절대 아가씨라고 부르지 않을 테니까.

오토라 호적에 들어오더라도 아가씨라고 부르기 싫어요.

오하쓰 도련님도 우리만 괴롭히지 말고 오킨을 좀 괴롭혔으면 좋겠어.

오시게 그건 이제 곧 시작될 거야.

오토라 고소해라, 고소해. 얼굴 예쁜 걸 자랑삼아 미인인 척 굴고 있으니, 코끝이라도 긁히면 난리가 나겠군.

오시게 농담은 둘째 치고, 오토라나 오하쓰도 도련님에게 쓸데없는 말을 지껄이지 마라.

오토라 누가 입 밖에 내겠어요?

오하쓰 할머니, 괜찮아요.

제4절

신타로 3명의 아이들 오시게 오토라 오하쓰

4명의 아이들 영차, 영차. (신타로를 앞세우고 커다란 장난감 상자 2개를 두 팔로 어깨에 멘 채로 다시 방으로 돌아온다. 각각 장난감 갑옷을 입거나 칼을 차고, 천으로 머리를 동여매고 있다)

신타로 (장난감 상자를 한꺼번에 와르르 방 한가운데에 뿌리고, 바느질 도구니 옷감이니 하는 물건들을 걷어차면서 지휘봉을 휘두르며 하녀에게 명령한다) 이봐, 여기서 전쟁놀이를 할 테니까, 모두 저쪽으로 치워 버려!

오시게 저런, 또 그런 답답한 말씀 하시네요. 오늘은 집 밖에서 놀기로 약속하셨죠?

신타로 싫어, 싫어.

오시게 아뇨, 어머니께서 당부하셨기 때문에 뭐라고 말씀하셔도 절대 안 됩니다. 우선 그 주변을 함부로 걸으면 바늘이 있어서 위험해요.

신타로 위험하니까 치우라는 거야. 뭐야 할멈! 구시렁거리면, 이거다, 받아라. (장난감 칼을 들이댄다)

오시게 그런 짓을 해도 할멈은 전혀 무섭지 않아요. 자, 이걸 보세요, 모처럼 다리미질 한 걸 이렇게 주름투성이로 만드셨네요. 좋아요. 그럼 이제 과자든 뭐든 아무것도 안 드릴 테니까요. (걷어찬 옷감을 가지런히 모으고, 흩뿌려진 장난감들을 일일이 주워 상자 안에 넣기 시작한다)

신타로 이봐, 사람이 모처럼 꺼내 둔 장난감을 왜 가져가 버리는 거야? 바보, 바보야, (하고 고함을 지르면서 칼로 오시게를 마구 때린다)

오시게 여기는 모두가 일을 하는 곳이라서 이렇게 어지럽게 놔두면 안 됩니다. (맞으면서 아무렇지도 않게 장난감을 모으고 있다)

신타로 좋아, 그러면 이렇게 해 주지. (갑자기 칼을 내

던지고 화로 속의 인두를 꺼내어 오시게의 목 언저리에 갖다 대려고 한다)

오토라 어어, 도련님, 말도 안 돼.

오토라와 오하쓰, 당황하여 신타로 곁으로 달려가 뒤에서 껴안는다.

오시게 (신타로의 으름장을 보고 깜짝 놀라 순식간에 인두를 빼앗는다) 아니, 도련님 뭘 하시려고요? 이걸로 화상을 입으면 할멈은 죽어 버려요.

갑자기 신타로는 큰 소리를 지르고 울음을 터뜨리면서 세 명을 밀치고는, 다시 장난감 상자를 뒤엎어 방 안에 있는 물건을 닥치는 대로 내던지며 걷어차고, 죽기 살기로 난폭하게 날뛴다. 세 아이는 어안이 벙벙하여 잠시 난처한 듯 구경하고 있었지만, 이윽고 모두 슬금슬금 뜰로 내려간다.

아이1 신타로, 그럼 나중에 또 놀러올게.

아이2 안녕.

아이3 잘 있어.

세 사람, 도망치듯이 출입문 쪽으로 나간다.

오시게 그것 봐요. 도련님이 너무 고집부리면서 말씀하셔서 친구들이 모두 가 버렸네요.

오토라 자, 어서 친구들한테 가서 놀아요.

신타로 싫어, 싫어. 네가 가서 친구를 데려오지 않으면 싫어. (이번에는 오토라의 머리에 달려들어 머리카락을 쥐어뜯는다)

오토라 어머! 도련님 죄송해요. 용서해 주세요!

오시게, 오하쓰, 계속 신타로를 말리고 있다.

오마사의 목소리 (맹장지 안쪽에서) 신타로! 장난치면 창고에 넣어 버릴 거야.

오시게 저런, 어머니가 오셨네요. 창고에 들어가게 되면 큰일이에요. (겨우 신타로를 속여서 달래고 감싸듯이 껴안으면서) 도련님은 절대 장난치시지 않아요. 이렇게 의젓하고 멋지신걸요. 오토라야, 오하쓰야, 어서 이곳을 정리하렴.

오하쓰 네, 네.

오토라 아이고, 아파라.

두 사람, 다다미방을 정리하고 다시 일을 시작한다. 신타로는 툇마루 끝에서 오시게의 무릎에 앉아 과자 접시를 바라보며 아직도 엉엉 울고 있다.

제5절

오마사 신타로 오스미 오킨 오시게 오토라 오하쓰

오마사, 오스미, 오킨 등장

오마사 (오스미와 오킨을 안내하며 맹장지를 연다) 자, 이리로 들어오세요. 방이 이렇게 어지러져 있네요.

오스미 실례합니다.

오마사 자, 자, 쑥 이쪽으로.

오마사는 화로의 왼쪽에, 오스미 모녀는 오른쪽에 앉는다. 오킨의 복장은 일부러 검소하게, 거칠게 짠 메이센(銘仙)[21] 옷감의 화살 깃 무늬 기모노[22]를 입고, 머리를 은행잎 모양[23]으로 틀어올려서 묶는다. 신타로는 짜증스러운 얼굴로 빤히 오킨의 모습을 바라보고 있다.

---

21 꼬지 않은 실로 거칠게 짠 비단. 실용적인 옷감으로 의류 · 방석 · 침구를 만드는 천 등으로 사용함.

22 무늬를 군데군데 화살 깃 모양으로 뜬 비백(飛白)무늬 야스가리(矢絣)를 가리킴.

23 일본 여자의 머리 트는 모양 중 하나인 이초가에시(銀杏返し). 정수리에서 묶은 머리채를 좌우로 갈라, 반달 모양으로 둥글려서 은행잎 모양으로 틀어 올린 형태.

오스미	도련님, 변함없이 잘 계시죠? 할머니, 오랫동안 격조했습니다.
오시게	도련님, 좀 내려와 주세요. (신타로를 무릎에서 내려놓고 툇마루에 앉힌 뒤 인사한다) 저야말로 그만 오랫동안 연락드리지 못해 죄송합니다. 항상 별고 없으셔서 다행입니다.
오스미	감사합니다. 또 이번에는 딸아이가 폐를 끼치게 되어서, 아시다시피 부족한 아이이니 부디 잘 부탁드려요.
오킨	아무쪼록 할머니, 잘 부탁드립니다. (오스미와 함께 머리를 조아려 인사한다)
오시게	아뇨, 전 이제 나이를 먹어서 오히려 주변 분들에게 신세만 지고 있는걸요.
오스미	(오토라와 오하쓰를 향해) 두 분들께도 부디 잘 부탁드려요. 아주 뭐랄까, 일 같은 것도 전혀 모르니까, 여러분들의 여동생이라고 생각하

시고 주저하지 말고 거리낌 없이 말씀해 주세요.

오킨 부디 아무쪼록…… (어머니와 함께 머리 숙여 인사를 한다)

오하쓰 아니에요, 저희들이야말로…… (오토라와 두 사람, 공손히 머리를 숙인다)

오킨 (신타로를 보고 상냥하게 웃으면서) 도련님, 요즘 매일 날씨가 정말 좋아요. 벌써 꽃구경 다녀오셨어요?

신타로 아직 안 갔어. (얌전하게 툇마루에 앉아 음울한 눈빛으로 자꾸 모녀를 유심히 쳐다본다)

오킨 어머나, 그거 안됐네요. 함께 관세음보살 참배에 동행해 드릴까요?

신타로 수줍게 웃는다.

오스미 이번에 오킨이 일하러 들어가게 되었으니 부디 잘 부탁드립니다.

신타로, 말없이 고개를 끄덕인다.

오마사 신타로는 오킨을 기억하고 있니?

오킨 가게에 갔을 때 두세 번 뵈었으니 알고 계실 거예요.

오마사 그래, 너 기억하고 있니?

신타로 (고개를 조금 끄덕이고, 잠시 머뭇거리다가) 작년에 만났고, 올해 설날에도 봤어.

오킨 아, 그랬었군요. 잘 기억하고 계시는군요.

오스미 정말 기억력이 좋으시네요. 학교에서도 그렇게 공부를 잘 하신다면서요?

오마사 아무리 학교에서 칭찬을 받아도 집에 돌아오면 장난만 치니까 아무 소용이 없어요.

오스미 학교에서 잘하시면 장난을 조금 쳐도 괜찮아요. …… 그러면 전 이제 그만 가보겠습니다. 여러분, 대단히 실례가 많았습니다.

오마사 자, 괜찮으시죠? 개의치 말고, 천천히 식사라도 하고 가시죠.

오스미 아니요, 말씀은 고맙지만, 저희들은 밤장사라서 지금쯤부터 슬슬 바빠집니다.

오마사 그러세요? 그럼 너무 일찍 일어나시는 것 같은데요…… (일어나서 오스미를 배웅하려고 한다)

오스미 먼저 실례하겠습니다. 이제 여기서…… 아유, 그럼 죄송합니다. 여러분 안녕히 계세요.

오토라와 오하쓰는 일을 하면서 가볍게 인사를 한다. 오마사, 오킨, 오시게 세 사람, 오스미를 배웅하고 퇴장.

제6절

신타로 오킨 오토라 오하쓰 3명의 아이들

신타로는 툇마루에 누워 과자를 집어먹고 있다.

오하쓰 오킨은 열일곱 살이라지만 조숙해서 열아홉이나 스무 살쯤으로 보여.

오토라 기분 나쁘게 '도련님'이라고 부르다니 얄밉기 짝이 없어. 마음에 안 드는 아이야.

오하쓰 그래도 그 애는 얼굴이 예뻐서 행복하겠어.

오토라 도련님, 오킨이 좋으세요? 아니면 싫어요?

신타로 좋아. (고개를 숙이고 나지막한 목소리로 말한다)

오토라 이상한 도련님이군요. 저런 사람을 좋아하면 안 돼요.

오킨, 방으로 돌아온다.

오킨 (기특하게 오토라 곁으로 양손을 짚으면서) 오토라 님, 좀 도와드릴까요? 아무것도 모르니, 언제든지 용무를 말씀해 주세요.

오토라 아, 네. 이제 곧 일을 끝마치는데, 그럼 이곳을 청소해 줘요.

오킨 알겠습니다. (겸연쩍게 멍하니 앉아 있다)

신타로, 과자를 먹어치우고 가방 속에서 독본(讀本)을 꺼내 툇마루에 펼치다가 다시 누워서 드높이 낭독하기 시작했지만, 이윽고 자못 열심히 묵독하기 시작한다.

오킨 도련님, 공부하세요? 정말 어른스러우시네요. (신타로의 곁에 다가가서 나란히 독본을 들여다본다)

신타로 이거 무슨 글자야? (독본의 지면을 가리키며 오킨에게 묻는다)

오킨	저한테 물어보셔도 소용없어요. 도련님이 훨씬 더 잘 알고 계실 텐데요?
신타로	근데, 난 이 글자를 모르거든.
오킨	잘은 모르겠지만, 그건 철쭉이라는 글씨가 아닌가요?
신타로	그래, 고마워. 또 가르쳐 줘.
오킨	저야말로 도련님께 배워야겠어요.
오하쓰	도련님, 어머나 갑자기 어른스러워지셨네요.
	아이들 3명, 다시 등장. 출입문을 반쯤 열어서 얼굴을 내밀고 제각기 외친다.
아이1	신타로, 아직 울고 있니?
아이2	할 일 없으면 함께 놀자.
아이3	문밖에서 술래잡기를 하지 않을래?

신타로 오늘은 그만 놀 거야. (아이들 쪽을 돌아보지도 않고 대답한다)

오하쓰 이제 청소해야 되니까 잠깐 밖에서 놀고 계세요.

신타로는 역시 말없이 독서하고 있다. 오토라와 오하쓰는 일거리를 정리하기 시작한다.

아이1 그럼 내일 봐. 안녕.

아이들 3명, 출입문을 닫고 우르르 집 밖으로 달려간다.

오토라 공부 같은 건 좀처럼 안 하시면서, 도련님 오늘 좀 이상한데요. (오하쓰와 함께 바느질 도구를 팔에 안고 일어선다) 그러면 오킨, 청소 부탁해요.

오킨 네, 알겠습니다.

오토라, 오하쓰, 오킨 퇴장. 오킨은 빗자루와 먼지떨이를 들고 곧장 되돌아온다.

오킨 도련님, 먼지 나니까 좀 물러나 주세요.

신타로 어어.

신타로, 눈신발을 신고 뜰로 나가서 벚꽃나무 아래에 웅크리고 앉아 다시 독본을 펼친다.

오킨 공부를 방해해서 죄송해요.

오킨은 청소를 시작한다. 차츰 해가 지고 뜰이 어둑어둑해진다.

제7절

신타로 오킨 리사부로

리사부로, 왼쪽 벚나무 그늘에서 옷 고리짝을 메고 뜰로 걸어 나온다. 옷 뒷자락을 걸어 올린 채 삼실을 꼬아 바닥에 댄 짚신[24]을 신고 있다.

리사부로 오킨, 네 짐이 도착했어. (옷 고리짝을 툇마루에 내려놓고 걸터앉는다)

오킨 어머나, 정말 고마워. (청소하던 손을 멈추고 사내의 등 뒤에 서서, 장난치듯이 무릎으로 그 어깨를 쿡쿡 찌른다)

리사부로 그만, 그만해. (턱으로 신타로 쪽을 가리키며 나무라는 듯한 눈짓을 한다)

오킨 어린애가 뭘 알겠어.

리사부로 오킨님, 오늘은 몇 시쯤 오셨나요? 전혀 몰랐어요. 짐이 도착해서 겨우 알았습니다. 가게 쪽에도 볼일이 있으실 테니 잠깐씩 얼굴을 보여 주세요. (이기죽거리듯이 말한다)

---

24 아사우라조리(麻裏草履). 마사(麻糸)로 엮은 끈목을 바닥에 댄 일본 짚신.

오킨 아마 귀찮으시겠지만, 앞으로 자주 찾아뵐게요. — 죄송하지만, 잠시 저를 도와서 짐을 저쪽으로 옮겨주실래요? (의미심장한 눈빛을 보인다)

리사부로 자, 됐다. (방으로 들어간다)

오킨, 리사부로와 함께 옷 고리짝을 문지방 너머로 나른다.
신타로는 혼자 남게 되자 갑자기 독본을 품에 넣고 일어서서, 벚나무 줄기에 기대어 두 사람의 뒷모습을 바라본다.
오킨, 리사부로, 다시 등장.

오킨 (오른발을 다친 것처럼 절름거린다) 아아, 아파라. 봐봐, 자기가 너무 매정하게 밀어서 옷 고리짝 모퉁이에 '악' 소리가 날 정도로 부딪혀 버렸어.

리사부로 (마당으로 내려와서 툇마루에 걸터앉는다) 이제 특별한 볼일은 없으신지요?

오킨 아아, 잠깐 기다려 봐. (정원용 나막신[25]을 신고 마루에 걸터앉은 채 리사부로의 오른쪽에 다가와 귓가에 대고 뭐라고 소곤소곤 속삭인다. 가끔 신타로를 힐끗 곁눈질한다)

신타로, 벚나무 줄기에 기대어 고개를 숙이고 그 자리에 선 채 이따금 오킨의 모습을 몰래 훔쳐본다. 어느새 오킨의 오른쪽 새끼발가락 끝에서 피가 엄청나게 배어 나오고 있다.

리사부로 (여자의 속삭이는 소리를 들으면서 문득 고개를 숙여 발밑을 보고 깜짝 놀란다) 야, 네 발에서 피가 나.

오킨 이런, 어쩐지 자꾸 아프다는 느낌이 들었어. 정말 난폭하기 짝이 없는 사람이야. (허리띠 사이를 더듬으면서) 리사부로, 종이 없어?

리사부로 (품속을 뒤진다) 글쎄, 하필이면 나도 없네.

---

25 뜰에서 신는 일본식 나막신(庭下駄).

신타로, 가만히 품에서 독본을 꺼내 책장을 두 세 장 쥐어뜯어서 두 사람 곁으로 달려온다.

신타로 내가 종이를 갖고 있어. 묶어 줄까? (오킨의 발밑에 무릎을 꿇고, 상처에 종잇조각을 감으려고 한다)

리사부로 (당황해서 신타로의 손을 뿌리치려 한다) 아니에요, 죄송해요. 종이만 주시고 이런 일을 하지 않으셔도 됩니다.

오킨 저기, 리사부로. 좀 더 할 이야기가 있는데. (신타로를 안아 일으키려는 리사부로의 머리에 달라붙어, 다시 귓가에 입을 대고) 도련님, 정말 죄송해요. (라고 건성으로 말하면서 발을 신타로에게 맡기고 다시 밀어를 이어간다)

리사부로 음, 음, (계속 고개를 끄덕인다) 그러면 내일 밤이겠네.

오킨 그래, 꼭이야. 잊어버리면 자기 말 안 들어줄 거야. (겨우 사내를 놓아준다) 도련님 정말 감사해요. 어머나, 아까워라. 도련님이 고쳐 주시면 이 다리가 휘어 버려요.

신타로, 여념 없이 상처에 종이를 감은 후, 이번에는 정원용 나막신에 묻은 피를 닦으려고 한다.

오킨 아뇨, 이제 그걸로 충분해요. (신타로를 안아 일으킨다)

리사부로 도련님, 도련님은 착한 아이니까, 우리가 비밀이야기를 했다고 아무에게도 말하지 말아 주세요. 만약 고자질하면 외딴 곳으로 끌고 가서 곤욕을 치르게 할 거예요. (무서운 눈초리로 노려본다)

오킨 리사부로는 무서운 사람이라 시키는 대로 말을 듣지 않으면 큰일 나요.

신타로 아무한테도 일러바치지 않을게. 그리고 있잖아, 아까 오토라와 오하쓰가 오킨의 험담을 하더라.

리사부로 뭐라고 하던가요?

신타로 건방지다느니, 어떻다느니.

리사부로 저런. (오킨과 얼굴을 마주본다)

오킨 요래서 애들은 정직하구나.

리사부로 너무 미움 받지 않도록 조심해라. 어디, 저쪽으로 갈까?

리사부로, 뜰 왼쪽으로 사라진다.

오킨 잠깐만, …… (리사부로의 뒤를 따라 사라진다)

신타로, 피로 물든 독본의 종잇조각을 죄다 주워서 주머니에 넣고, 툇마루 끝의 기둥에 몸을 기댄 채 동경하는 듯한 눈빛으로 황홀하게 오킨의 뒷모습을 바라본다.

제3막

제1장 산에몬 부부의 거실
제2장 시모우사야 뒤쪽 2층
제3장 시모우사야의 헛간

제1막의 시점으로부터 한 달쯤 지난 4월 하순의 어느 날 밤

제1장

산에몬 부부의 거실 —— 정면의 오른쪽 반은 도코노마(床の間)[26], 왼쪽 반은 벽장. 안쪽에 옷장이 나란히 놓여 있다. 다다미방 오른쪽 벽은 허리가 낮은 창문으로 구분되어 있고, 창문에 장지가 끼워져 있다. 왼쪽은 맹장지.

---

26 일본식 방의 상좌(上座)에 바닥을 한층 높게 만든 곳. 벽에는 족자를 걸고, 바닥에는 꽃이나 장식물을 꾸며 놓음. 보통 객실로 사용한다.

도코노마 한쪽의 장식 기둥 앞에 세로로 화로를 놓는다. 그 좌우로 부부가 마주 앉을 자리에 방석 한 쌍.
다다미방 중앙 적당한 곳에 램프를 세운다.

제1절

신타로 오킨

오킨, 혼자서 벽장 앞에 앉아 대여섯 벌의 옷을 개어서 일일이 옷장 서랍에 넣고 있다.
신타로, 왼쪽 맹장지를 열고 주위를 꺼리듯이 조심조심 오킨의 곁으로 다가간다. 한 달 전에 비하면 혈색이 창백해지고 팔다리가 말라서 굉장히 음울해져 있다.

신타로 (작은 목소리로) 오킨, 나한테 무슨 볼일 있어?

오킨 네, 미안하지만 또 심부름 가 주세요.

신타로 리사부로한테 가는 거야?

오킨 번번이 미안해요. — 도련님, 연필과 종이를 가져와 주시겠어요?

신타로 어.

오킨 아무한테도 들키지 않도록 하세요.

신타로, 발소리를 죽이며 나가서 선이 그인 서양 종이와 연필을 가져온다.

오킨 정말 감사해요. 잠시만 기다려 주세요.

두세 줄 술술 갈겨쓰고 종이를 가늘게 접은 다음 연필과 함께 신타로에게 건넨다.

오킨 리사부로에게 말이죠, 이 연필로 뒷면에 답장을 써 달라고 좀 부탁해 주세요. 제가 여기 있는 동안 얼른 다녀오세요.

신타로 금방 올 테니까 기다려.

신타로, 다시 퇴장. 5, 6분 지나서 돌아온다. 그 사이에 오킨은 옷장을 다 정리해 둔다.

신타로 마침 혼자 부엌에 서 있더라. (라며 답장을 건넨다)

오킨 (말없이 편지를 받아서 대충 읽고는 화로 속으로 집어넣는다) 도련님, 수고하셨어요. 정말 도련님은 착한 아이예요. 내일모레, 제가 오시게 대신 스이텐구(水天宮) 신사[27]에 데려다 드릴게요.

신타로 응, 꼭이야. 네가 있으면 오시게 같은 건 없어도 괜찮아. — 너랑 나랑 그리고 리사부로도 몰래 데려가자.

오킨 그럼 도련님이 좋아하는 걸 뭐든지 다 사 줄게요.

---

27 항해 안전, 순산(順産)의 신인 수신(水神)을 모신 신사. 후쿠오카현 구루메시(福岡県 久留米)와 도쿄 니혼바시 가키가라초(東京 日本橋 蠣殼町)에 있는 두 신사가 가장 유명하다.

신타로　　또 저번처럼 셋이서 찻집에 가자.

오킨　　오호호호. (낮은 목소리로 음란하게 웃는다) 자 이제, 전 아직 볼일이 있어서. (일어서서 뒤따라오려고 하는 신타로를 돌아보며) 도련님은 여기 계세요, 너무 제게 달라붙어 계시면 무슨 일이 생겼을 때 불편하실 수 있으니까요.

오킨, 퇴장.

제2절

오마사　신타로　오시게

오시게, 오킨이 사라지자마자 곧장 들어와 수상쩍게 방 안을 여기저기 돌아본다.

오시게　　도련님, 아까부터 혼자 여기에 계시는 건가요?

신타로 어어. (애매하게 말한다)

오시게 아무래도 어딘가 수상한 냄새가 나는 것 같은데요. 설마 불장난 하신 건 아니겠죠?

신타로 어어.

오시게 불장난은 안 돼요. 다른 장난과는 달라서 무섭단 말이에요.

오시게, 잠시 주위를 둘러보더니 뭔가 결심을 한 듯 신타로 곁에 앉는다.

오시게 (위엄 있는 어조로) 도련님, 잠깐 거기 앉아 보셔요. 할 얘기가 있으니까요.

신타로 뭐야? (살짝 대답하고 마지못해 앉는다)

오시게 제가요, 갑자기 시골에 일이 생겨서 오늘 밤에 말미를 받아서 다녀올 생각이에요. 그래도 도련님 댁의 일이 걱정이 되어서, 내일 밤이나 모레는 꼭 돌아올 겁니다.

신타로 천천히 다녀와.

오시게 감사합니다. 그래서 겸사겸사 도련님께 여쭈어 볼 것이 있으니, 부디 숨김없이 말씀해 주세요.

신타로 음……

오시게 도련님은 오킨의 신상에 대해 누군가로부터 뭔가 들은 건 없으세요?

신타로 (의외의 표정. 호기심이 생긴 듯, 오시게의 얼굴을 무섭게 응시한다) 오킨의 신상이라니, 어떤 거?

오시게 (약간 안심한 듯이) 아뇨, 못 들었으면 상관없는데, 앞으로 만약 오킨의 신상에 대해 누가 무슨 말을 하더라도 진실이라고 생각하시면 안 됩니다.

신타로 (걱정스러운 듯이) 그런데 오킨에게 뭔가 달라진 게 있어?

오시게 아무것도 변한 건 없어요.

신타로 오킨은 언제까지든 계속 우리 집에서 일하는 거지?

오시게 음, 당분간은 여기서 일할 거예요. (냉담하게 말한다) 그리고 말이죠, 도련님, 아까 부엌에서 리사부로에게 뭔가를 건네고 계셨죠?

신타로 (깜짝 놀라는 모습) 아무것도 안 줬어.

오시게 아뇨, 거짓말 하셔도 소용없어요. 할멈이 뒤에서 보고 있었기 때문에 잘 알고 있어요.

신타로 아무것도 안 줬다니까.

오시게 (째려보듯이) 그런 일은 안 됩니다.

신타로 몰라, 몰라. (열심히 부정하면서 일어나 도망가려고 한다)

오시게 자, 도련님, 기다리세요. (손목을 잡고 억지로 당겨 앉힌다) 도대체 그 편지를 부탁한 사람이 여자인가요? 남자인가요? 아무에게도 말하지 않을 테니 저한테만 비밀로 얘기해 주세요.

신타로 …… (잠자코 고개를 숙인다)

오시게 그러면 제가 맞춰 볼 테니까, 맞으면 '응'이라고 말씀해 주세요.

신타로 ……

오시게 정말 고집이 세시군요. 할멈은 도련님을 생각해서 여쭈는 것이니 한마디만 좀 들려주실 수 없을까요?

신타로, 더욱더 고개를 숙이고 입을 다문다.

오시게 그럼 무슨 일이 있어도 말해 주시지 않을 건가요? 곤란하군요. …… 도련님, 당신은 적어도 이곳의 주인이세요. 그런 분이 부탁을 받고 편지 심부름을 하시다니, 그런 말도 안 되는 경우가 어디 있어요? 부탁하는 인간도 부탁하는 인간이지만, 도련님도 너무 패기가 없으시군요. 요즘은 전처럼 장난도 치지 않으시고, 어른스러워지셔서 다행이라고 생각했는데, 그런 심부름을 하실 정도라면 차라리 장난을 치시는 게 훨씬 더 좋겠어요.

오마사, 등장.

오마사 (쑥 맹장지를 열면서) 할멈, 오늘 밤에 가려면 얼른 서둘러야지, 늦겠어요.

오시게 네, 고맙습니다. 아무리 시골이라고 해도 기차를 타면 금방입니다.

오마사 신타로가 무슨 잘못을 했어요? (긴 화로 좌측에 앉는다)

오시게 실은, 지금 막 꾸지람을 드린 참입니다.

오마사 무슨 일인가요?

오시게 아니에요. 조금 전에 제가 부엌 쪽 어둑어둑한 곳에 웅크리고 앉아 있었는데, 도련님이 리사부로를 붙잡고 계속 뭔가 소곤소곤 이야기를 하고 계시더군요. 아무래도 그 모습이 누군가 하녀의 부탁을 받고 연애편지를 전달이라도 하시는 것 같더라고요.그런데 지금 아무리 여쭤 봐도 기억이 나지 않는다고만 하시고, 사실대로 말씀해 주시지 않아요.

오마사 신타로, 그랬니? 누구의 부탁으로 그런 심부름을 했어? 딱히 널 혼내는 거 아니니까 엄마한테 가르쳐 줘.

신타로, 점점 눈물짓는다.

오마사 너한테 편지를 부탁한 게 우리 집 사람이니, 아니면 이웃집 사람이니?

신타로 우리 집 사람 아냐.

오마사 그럼 이웃집 사람이겠네.

신타로, 고개를 끄덕인다.

오시게 하지만 아무래도 저는 우리 집 사람인 것 같아요.

오마사 그렇지만 설마 하인이라면 이 아이에게 부탁하지 못할 텐데. 할멈은 짚이는 거라도 있는가?

오시게 글쎄요, 이런 일만큼은 다른 것과 달리 확실한 증거가 없으면 말씀드릴 수 없어서요.

오마사 신타로, 이웃집 사람이 도대체 누구지? 이름을 말해줘.

신타로, 드디어 훌쩍훌쩍 울기 시작한다.

오마사 너, 그렇게 울 것까진 없잖아.

오시게 울지 마시고, 사실대로 할멈에게 말해 주세요. 착한 아이시잖아요.

신타로, 큰 소리를 지르며 울기 시작하다.

오마사 그럼 이제 됐으니까 저쪽으로 가 있으렴. 앞으로 누가 부탁하든 그런 심부름을 절대 하면 안 된다.

신타로, 울면서 나간다.

오마사 우리 집 하녀만 아니라면 이 얘기는 그냥 여기서 그만 덮어 두죠.

오시게 그러시겠습니까?

오마사 그런데 신타로가 요즘 별로 기운이 없네. 그런 애가 아니었는데, 어디 몸 상태가 안 좋은 건가.

오시게 왜 그러신 걸까요? 팔다리가 딱할 정도로 마르셨어요. 게다가 안색도 안 좋으시니.

오마사 의사에게 진찰을 받아 봐야겠네.

오시게 그러시는 게 좋겠어요. — 그럼 저는 이제 슬슬 나가 보겠습니다. 마님, 조금 전에 여러 가지 선물까지 챙겨 주셔서 감사합니다.

오마사 아니 약소하네. — 그럼 내일 밤이나 모레 돌아오는 거지. 자네가 없으면 우리도 바쁘니까.

오시게 네, 내일모레까지는 꼭 돌아오겠습니다.

오마사 나도 료코쿠(兩國)[28]에 물건을 사러 좀 다녀와야겠어. (화로의 서랍에서 지갑을 꺼내 허리띠 사이에 끼운 다음 오시게와 함께 일어선다)

오마사, 오시게 퇴장.

---

28 도쿄 스미다구(東京都 墨田区)의 료코쿠 다리(両国橋) 동서 양쪽 언저리의 지명.

제2장

시모우사야 뒤쪽 2층 — 무대 좌측 안쪽에 창고를 지어 놓은 구조이며, 1층과 2층이 크기나 모양이 서로 같은 창고 구조의 2층짜리 건물. (2층 바닥은 무대 바닥과 동일한 수평면에 있다) 정면 창문에 덧문이 닫혀 있다. 창밖은 널찍하게 빨래를 널어 말리는 곳이 무대 앞으로 이어진다. 2층 지붕 꼭대기에 화재감시대(火見臺)가 설치되어 있고, 빨래 너는 곳에서부터 여기까지 사다리가 연결되어 있다.
빨래 너는 건조장 바닥 마루 아래쪽부터 기와지붕의 단층집 한 동이 무대 오른쪽 끝으로 뻗어 있다. 기와지붕 뒤로 한 단 높게 사면(四面)을 흙과 회반죽으로 바른 창고의 지붕, 뜰에 서 있는 나무의 우듬지 등이 보인다. 음력 그믐날의 별이 많이 떠 있는 하늘.

제1절

신타로 오킨 리사부로

오킨, 창문 하나를 안쪽에서 몰래 펼쳐 열고, 캄캄한 2층 방에서 빨래 너는 곳으로 기어 나온다.
잠시 주위를 둘러본 뒤 사다리를 기어올라 화재감시대로 오른다. 얼마 안 있어 신타로가 똑같이 덧문 틈새로 빨래 건조장에 나타나 단층집 기와 위로 뛰어내리더니 엎드려서 건조장 마루 밑으로 기어들어 와서 바닥에 가만히 숨어 있다.
리사부로, 2층 지붕 건너편에서 올라온 것으로 보이며, 화재감시대에 불쑥 나타난다.

오킨 (어둠을 틈타 사내를 보면서 낮게 속삭인다) 리사부로?

리사부로 응, 너 벌써 와 있었어? 너무 기다리게 해서 미안해.

오킨 아니, 지금 막 왔어. (사내와 바싹 다가붙는다) 아아 싫다 싫어. 내가 여기에 온 지 벌써 한 달이 되어 가는데, 매일 밤 이런 고생을 하면서 만나느니 차라리 우리 집에 있을 때가 나았을까?

리사부로 그거 봐라. 그러니까 내가 말했지. 굳이 객기로 이런 데서 하녀로 일할 것까진 없잖아. 고운 손발이 더럽혀지는 것만으로도 속상해.

오킨 그런 그럴싸한 말만 하고 말이야.

리사부로 하지만 너무 멋없는 이야기네. 예전 같았으면 나 같은 건 쳐다볼 수도 없는 시모우사야의 아가씨라고 할 만한 사람이……

오킨 제발 그런 말만은 하지 말아 줘. 아무리 아가씨든 공주든, 난 자기 마누라야.

리사부로 망극하옵니다. (화재감시대 난간에 걸터앉는다)

오킨 리사부로, 적당히 좀 해. 그만두지 않으면 길거리로 밀어 떨어뜨릴 거야.

리사부로 어딜, 위험하다고. (허겁지겁 난간에서 일어난다)

지금 네 손에 죽으면 죽 쑤어 개 주는 거나 다름없지.

오킨 하지만 자기가 변심이라도 한다면 살려 두지 않겠어.

리사부로 차라리 그게 낫지, 네가 주인집 딸 행세를 하게 되었을 때 '입이 싼 놈'이라고 툭 참수 당하지나 않을지 몰라. 생각해 보니 어느 쪽이든 목숨이 위험하긴 마찬가지야.

오킨 자기, 그 말 진심이야?

리사부로 뭐, 아무래도 좋아. — 그런데 빨래 너는 곳으로 내려가도 괜찮을까?

오킨 오늘 밤에는 2층에 아무도 없을 거야. 여긴 추우니까 밑으로 가자. (앞장서서 사다리를 내려가기 시작한다)

리사부로 컴컴하니까 발을 헛디디면 안 돼.

오킨 어, 그래.

두 사람, 빨래 건조장에 서서 난간에 기대어 소곤소곤 얘기한다. 신타로는 마루 밑에 몸을 움츠리고 열심히 귀를 기울인다.

리사부로 오늘 밤은 아주 조용하구나. 주인마님 계셔?

오킨 아까 하녀들을 데리고 큰 길에 물건 사러 나갔을걸?

리사부로 오시게는?

오킨 시골에 볼일이 생겼다고 갑자기 휴가를 얻어서 갔어. 내일 저녁이나 모레 아침에 돌아온대. 난 그 할멈이 정말 싫어.

리사부로 어쩐지 거북한 할멈이야. 나도 그 할멈이 좀 아니꼬운데, 워낙 우리네 고참이라서 싸우면 이쪽만 손해야.

오킨 그런데 말이야, 리사부로, 지난번 이야기 있잖아? (하고 말을 꺼내다 말고 주위를 살피며, 나지막이 쉰 목소리로 바뀐다) 난 오늘 밤이 좋은 것 같아.

리사부로 지난번 이야기라니?

오킨 이제 와서 시치미 떼지 마. 자, (사내의 귀에 입을 댄다) 때마침 오시게가 없으니까 오늘밤이 제일 좋아.

리사부로 (소름끼치는 체하다) 그 이야기는 조금 더 기다려 줘. 어설프게 일을 벌이면 너나 나나 목숨이 날아간다니까.

오킨 자기 정말 맘에 안 들어. 그렇게 약속했으면서 말이야.

리사부로 약속은 했지만 확실하게 책임지고 떠맡은 건 아니야.

오킨 그럼, 자기 거절하는 거야?

리사부로 거절하는 건 아니지만, 구태여 그렇게 서두를 필요는 없을 것 같아서.

오킨 아니, 우리 사이가 세상에 확 알려지고 나면 쓸데없이 혐의를 받을 텐데, 하려면 지금뿐이야.

리사부로 하지만 어쨌든 큰 은혜를 입은 주인집 아들이야…… (완전히 풀이 죽어서 말한다)

오킨 지금 와서 은혜니 의리니 하면서 투덜거리는 자기 마음이 난 정말 원망스러워. 이것만 잘 되면 자기랑 난 금세 큰 부잣집의 후계자가 될 수 있잖아.

리사부로 하지만 오킨, 잘 생각해 봐. 잘 되면 행복하겠지만 탄로 나는 날에는 어떻게 할 생각이야?

오킨 지금이라면 누가 우릴 의심하겠어? 게다가 그 애는 여러 가지 비밀을 알고 있는데, 차차 분별이 생기기 시작하면 언제까지나 이쪽의 도구로 이용당하고만 있지 않을 테니까 말이야.

리사부로 비밀이라 한들 편지 심부름을 부탁한 정도니까 크게 걱정할 건 없잖아.

오킨 그뿐만이 아니야. 아까 오는 길에 자기랑 얘기하던 걸 모조리 엿들은 모양이야. 그 아이는 요즘 자꾸 내 뒤만 따라다닌다니까.

리사부로 …… (팔짱을 끼고 생각하고 있다)

오킨 나랑 엄마가 주인어르신을 속이고 있다는 사실도 모두 그 아이가 들었을 거야. 열셋이면 어느 정도 말을 알아듣는 나이거든.

리사부로 ……

오킨 리사부로, 자기도 좀 더 정신 차려. 그 아이 입에서 중요한 일이 새어 나가면 둘 다 설 자리가 없잖아. 정말 날 사랑한다면 제발 결심해 줘.

리사부로 …… (여전히 팔짱을 끼고 한숨을 쉰다)

오킨 그렇게 생각하고 있을 거면 자기한텐 아무것도 부탁하지 않겠어. 나 혼자라도 해내고 말 거야. (샐쭉 토라져서 2층 다다미방으로 사라지려 한다)

리사부로 야, 야, 잠깐만 기다려.

오킨 뭐야? (하고 다시 돌아온다)

리사부로 어쩔 수 없군. 너 혼자만 죄를 짓게 하면 내 마음이 놓이지 않으니 뭐든 네가 시키는 대로 할게.

오킨 그럼 들어주는 거지? 리사부로 미안해. 나쁜 녀석한테 걸려들었다고 생각하고 용서해 줘.

리사부로 오늘 밤 안에 무슨 방법으로 할 거야?

오킨 저 아이는 내 말이라면 뭐든 들어주니까, 한밤중에 살며시 꾀어내서 헛간으로 데리고 가자.

리사부로 틀림없이 데려올 수 있겠어?

오킨 오시게가 없어서 다행이야.

리사부로 증거가 남지 않도록 정말 조심해.

오킨 그럼, 꼭이야.

리사부로 음. 기분이 별로 개운치 않네. — 그럼 나중에 또 봐. (화재감시대로 올라간다)

오킨 리사부로, 잠깐 기다려. 시간은 몇 시쯤이 좋을까? (사내의 뒤를 좇아 화재감시대로 오른다)

리사부로 그러게, 2시쯤으로 하자.

리사부로 화재감시대를 내려와서 지붕 저편으로 사라진다.

제2절

신타로 오킨

신타로, 두 사람이 지붕 위로 올라간 틈을 타 마루 밑에서 빨래 말리는 곳으로 기어 올라가서 난간 구석에 쭈그리고 앉는다.
오킨, 리사부로와 헤어져서 화재감시대에서 빨래 너는 곳으로 내려온다.

신타로 오킨이니? (웅크린 채 말을 건다)

오킨 (깜짝 놀라며) 어머 도련님이세요? 언제 여기에 오셨어요?

신타로 지금.

오킨 뭐 하러요?

신타로 여기서 생각을 하고 좀 있었어.

오킨 밤이슬을 맞으면 몸에 안 좋으니까 이층으로 들어가세요.

신타로 너도 들어가.

오킨 네, 저도 들어갈게요. 실은 아까 세탁물을 두고 와서 그걸 가지러 온 거예요. (신타로를 데리고 2층으로 내려가려다가 문득 생각이 나서 멈춰 선다) 아, 도련님, 도련님.

신타로 뭐?

오킨 도련님은 뭐든지 제 말을 다 들어주실 거예요?

신타로 어, 들어주지.

오킨 그럼 말이죠, 오늘 밤 늦게 아버지나 어머니 몰래 제가 좋은 곳으로 데려가 드릴까요?

신타로 어.

오킨 그 대신 이건 그때까지 아무한테도 말씀하시면 안 돼요.

신타로　응. 네가 내 방으로 데리러 와 줄 거니?

오킨　그럼요. 어떻게 둘러댈까요? — 도련님, 오늘 밤은 오시게 할멈이 없으니 혼자서 주무시는 건가요?

신타로　어어, 할멈이 없을 때는 난 언제든지 혼자 자.

오킨　그럼 적당한 시간에 깨우러 가 드릴 테니 얌전히 제 뒤를 따라오세요. 사람들이 잠에서 깨면 안 되니까, 집을 완전히 나갈 때까지 한마디도 말을 해서는 안 돼요. 집 밖에 나오면 바로 제가 좋은 옷을 입혀 드릴 거니까 잠옷을 입은 그대로가 좋아요. — 도련님, 제가 깨우러 가면 잠결에 어리둥절하지 말고 바로 일어나세요.

신타로　난 안 자고 기다릴게.

오킨　그럼 제가 방금 말씀드린 걸 꼭 잊지 마세요.

잠옷 차림으로 말 한마디도 하지 마시고, 잠자코 저를 따라오시는 거예요.

신타로 응.

오킨 아시겠죠?

신타로 응.

오킨 (잠시 말없이 말끄러미 소년의 얼굴을 지켜본다) 도련님, 도련님은 참 기특한 아이예요. 제가 하는 말은 뭐든지 들어주시네요.

신타로 (결심한 듯한 모습) 난 언제든지 네가 죽으라면 죽을 거야.

오킨 (놀라움을 감추는 웃음) 오호호호, 어쩌면 이렇게 귀여운 말씀을 하실까요. (치하하듯이 얼굴을 쓰다듬어 준다) 자, 그럼 아래로 내려가시죠.

오킨, 신타로를 데리고 2층으로 들어간다.

제3장

시모우사야 뒤편의 헛간 — 무대 좌측 안쪽에 안채의 부엌문. 그곳으로부터 우측, 안채의 오른쪽에 한쪽으로만 차양이 걸쳐 있는 헛간이 붙어 있다. 오두막 입구는 판자 두 장으로 만들어진 판자문.
무대 좌측 끝에서부터 판자로 두른 울타리가 왼편 안쪽으로 이어져 안채 뒤로 쭉 뻗어 있다.
한밤중.

신타로 오킨 리사부로

오킨, 신타로의 손을 끌고 안채 뒤편의 왼쪽 구석에서 나온다. 신타로는 구루메(久留米)산(産) 비백무늬[29] 잠옷을 입고 짚신을 신고 있다.

오킨 도련님, 추우세요? 심하게 떨고 계시네요.

---

29 구루메가스리(久留米絣)를 가리킴. 일본의 구루메 지방에서 생산되며, 무명으로 만들어 질긴 감색 바탕에 비백무늬를 짠 옷감.

신타로 이제 말을 해도 되는 거니?

오킨 이쯤 왔으면 괜찮아요. — (오두막집 앞으로 와서 몰래 판자문을 열고 깜깜한 안쪽을 가리킨다) 자, 추우실 테니까 이 안으로 좀 들어오세요. 제가 좋은 옷으로 갈아입혀 드릴게요.

신타로 (오두막 안을 들여다보면서) 왠지 사람이 있는 것 같네.

오킨 아니요, 아무도 없는데요. 이 안에 들어가셔서 제대로 옷을 갈아입으시면 아까 약속한 좋은 곳에 데려다 드릴게요.

신타로 나 왠지 무서워졌어.

오킨 아무것도 무서울 게 없어요. 저기요, 도련님은 제 말을 잘 들어주시잖아요.

신타로 너도 같이 들어가는 거지?

오킨 예, 예, 들어가고말고요. 누가 도련님을 남겨두고 가 버리겠어요?

신타로 (들어가려다 멈칫한 채 문턱에 선다) 깜깜하고 무서워서 싫어.

오킨 (도망갈 길을 막듯이 신타로의 등 뒤를 껴안으면서) 리사부로.

갑자기 오두막 안쪽에서 쿵 하는 소리. 동시에 신타로는 어둠 속으로 끌려 들어간다. 오킨, 무대 앞쪽으로 와서 경계하듯 주위를 둘러본다. 오두막 안에서 신타로의 신음하는 목소리.

리사부로의 목소리 (오두막 안쪽에서) 이봐, 이제 끝났어.

오킨 (오두막 입구로 돌아온다) 잘 됐지?

신타로, 주검이 되어 오두막 밖으로 운반된다. 리사부로는 오킨에게 사체의 다리 쪽을 끌어안게 하고, 자신은 머리 쪽을 들고 오두막에서 나와 바닥에 반듯이 눕힌다. 사체의 목 부분에 수건이 찰록하게 걸쳐져 있다.

리사부로 (오두막 안에서 고리짝과 가느다란 삼끈을 꺼낸다) 빨리, 빨리!

오킨 알았어. (사체의 옷을 벗겨서 알몸으로 만든다)

리사부로, 오킨과 함께 여윈 사체를 고리짝에 싸서 뚜껑을 덮는다.

리사부로 (가느다란 삼끈을 쥔 채 멍하니 고리짝에 걸터앉는다) 가엾게도, 뜻하지 않게 살생을 하고 말았어.

오킨 이런 나쁜 짓을 한 이상 평생 날 버리지 말아 줘.

사내 곁에 쭈그리고 앉아 바싹 다가붙는다.

(1913)

기혼자와 이혼자

기혼자와 이혼자(既婚者と離婚者) — 대화극

시간	현대
장소	어느 젊은 문학사의 집

등장인물	문학사와 그의 친구 법학사

문학사와 법학사가 서재의 책상에서 서로 마주 보고 의자에 앉아 있다. 두 사람 모두 신경질적으로 보일 만큼 여윈 남자.

법학사 이보게 자네, 결국 난 단행해 버렸다네. — 아이를 어떻게 낳나 이리저리 걱정하는 것보다 직접 낳는 게 쉽다는 말처럼, 막상 해 보면 의외로 생각했던 것보다 쉬운 법이지.

문학사 자네로서는 정말 대단한 영단(英斷)을 내렸군. 아무리 별것 아니라 해도 조금은 싫은 기분이 들었을걸세.

법학사 나도 처음에는 걱정했는데, 말을 꺼내고 보니 일이 술술 진행되어 버렸어. 정말 시원하더군.

문학사 그야, 지금 당장은 속이 후련해서 기분이 좋을지 모르겠지만, 이제부터 앞날은 알 수 없네. 아내 생각이 날 때마다 걸핏하면 양심의 가책을 받을걸세. 미련은 남지 않더라도 가여워서 견딜 수 없을 거고, 아내와 이혼하는 바람에 나 자신의 운명까지 평생 저주받을 것 같아서 불쾌해질 거네. 그런 것만 아니면 나 역시 단행할 텐데.

법학사 자내처럼 미리 쓸데없는 걱정을 하다가는 아무것도 실행에 옮길 수 없어. 세상에는 아내와 이혼하고도 아무렇지 않은 놈이 얼마든지 있잖아.

문학사 그건 그렇지. 하지만 자네나 나나 남들보다 훨씬 머릿속이 복잡하고 신경도 예민하지. 우리들은 어떤 의미에서는 보통 사람들보다 악인이고, 동시에 어떤 의미에서는 상당히 선한 사람들이라서 우스꽝스러울 정도로 겁쟁이일세. 그러니 세상의 실례를 가지고 우리들의 행동을 규제할 수는 없어.

법학사 정말, 일단 그건 맞는 말이야. 확실히 자네 말대로이지만, 나도 그 점을 생각했기 때문에 어떻게든 신경에 거슬리지 않으면서 서로 진심으로 납득하고 웃으며 헤어질 수 있도록 잘 결행하고 싶어서 상당히 고심한 걸세.

문학사 아무리 고심한들 본디 억지스런 이야기라서 잘 될 리가 없지.

법학사 그런데 잘 됐으니 대단한 거야. 이번 사건에 대해서 난 스스로도 내 계획이 기묘했던 점에 감탄하고 있네. 아마 내가 한 일 중에서 이번만큼 이상적으로 성공을 거둔 일은 없을걸세. 성공도 성공 나름이지, 완전한 대성공이야.

문학사 난 그 성공이 의심스러워. — 특히 자네 같은 경우, 혹시 아내에게 무슨 잘못이 있는 것도 아닐 거고, 그렇다고 해서 자네에게 새로운 애인이 생긴 것도 아닌데, 단지 싫어졌으니 나가라는 단순한 이유밖에 없지 않은가. 게다가 두 사람 사이에는 아이까지 있으니 도저히 아내 입장에서는 웃어넘길 리 만무하네.

법학사 그러니까 웃으며 승낙한 게 이상하지. — 이렇게 말만으로는 잘 모르겠지만, 난 실제로 이 일에 대해서 2, 3년간 이리저리 고민 끝에 어떻게 하면 부부가 기분 좋게 이혼할 수 있을까 하는 문제를 신중히 연구해 봤지.

문학사 2, 3년간이라고 하지만 자네는 바로 2, 3년 전에 결혼하지 않았나? — 결혼과 동시에 이혼하고 싶어진 건가?

법학사 뭐 그런 셈이지. 결혼하고 나서 정말로 나 스스로 행복하다고 느낀 건 겨우 열흘간 정도라네. 보름인가 한 달도 안 지나서 난 아내에게 디스일류션(disillusion)[1]을 느꼈어. — 자네는 그런 경험이 없으려나.

문학사 아니, 전적으로 자네와 동감일세. 이렇게 말하면 억지 같지만, 난 처음부터 반해서 결혼한 게 아니네. 하지만 그렇다고 해도 부부가 되면 좀 더 애정이 생길 거라고 생각했어. 그런데 실상은 정반대의 결과를 낳았지. 아내가 나쁜 게 아니라 내가 나쁜 건지도 모르겠지만, 인간의 감정이니까 이것만큼은 어쩔 수 없어.

---

1 환멸.

법학사 바로 내가 그런 처지가 된 걸세. 처음에 내가 그녀에게 반해서 결혼했기 때문에 더욱 실망과 낙담의 정도가 컸지. — 난 생각했네. 그녀의 결점은 결혼하기 이전부터 나도 확실히 알고 있었어. 그래도 결혼하기 전까지는 그 결점들이 애정을 불러일으키는 데 도움을 주었을 정도인데 결혼하고 나서 왜 갑자기 역겨워졌을까. 그녀가 날 속인 건 아니야. 내가 그녀에게 속았을 리도 없네. 그런데 어쩌다 이런 결과가 되었을까.

문학사 요컨대 자네가 싫증난 거군.

법학사 싫증난 건지도 모르지만, 만약 내가 그녀와 결혼하지 않고 연애만 즐기고 있었다면 이렇게 빨리 싫증나지는 않았겠지. 아직도 애정이 1년이고 2년이고 계속 이어졌을 거네.

문학사 그러니 안데르센의 「즉흥시인(即興詩人)」에도 이런 말이 있지 않은가. 즉 연애란 상대 여자를 완전히 소유하기까지의 노력을 말하는 거라고. 소유해 버리면 당연히 연애는 소멸되겠지.

법학사 그 논리를 난 모르겠네. 만약 진정한 연애라면 결혼했다고 해서 애정이 식을 리가 없지. 역시 난 그녀를 진심으로 사랑하지 않았나봐. — 어쨌든 결혼하자마자 곧바로 난 결혼이 무의미하다는 걸 알았네. 서로 애정도 없고 이해도 없으면서 두 사람이 한평생 묶여 있는 건 이미 그 자체만으로도 대단한 모순이자 고통이라고 느꼈던 거지.

문학사 거기까지는 나도 마찬가질세. 하지만 모순이고 고통이긴 해도 만약 이혼한다면 더 큰 고통이 찾아올 거라 생각하네. 대부분의 사람은 그게 두려워서 언제까지나 우물쭈물하며 부부로 지내겠지.

법학사 바로 그거야. — 꾸물거리며 늘어지는 동안은 괜찮지만 결국에는 어떻게 해서든 헤어져야 하는 경우가 있을 거네. 아내 얼굴은 보기도 싫다. 말하는 것도 싫다. 하는 짓이 비위에 거슬린다. 이렇게 되면 곤란하겠지. 그럼 함부로 아내를 학대하고 어떻게든 쫓아내게 될걸세. — 우물거리고 있으면 반드시 그렇게 될 거라고 난 생각했어. 그런 식으로 싫어지기 전에 어서 빨리 이혼해 버리는 게 아내를 위해서도 훨씬 행복할 거라 생각했지.

문학사 하지만 인간의 심리란 게 그렇게 형편에 맞게 잘 풀리지 않으니 말일세. 확실하게 싫증이 나서 견딜 수 없을 때까지는 결행할 용기가 나지 않는 법이야.

법학사 누구나 그렇겠지만, 난 가능한 한 머리를 냉정하게 식히고 충분히 이해타산을 고려해 본 다음 단호하게 '이혼해야겠다'고 결심했네. 여기서 꾸물거리다가는 평생 파멸로 이어질 거라고 생각했지. 그래서 3년간 계획을 세워서 점차 치밀하게 묘책을 짜냈지. 거의 묘책이라고 눈치채지 못할 아주 자연스러운 방법으로 아내의 마음을 점점 그쪽으로 이끌어 갔어. 아내는 아마 아직도 내 수단에 넘어간 걸 모르고 있을지도 몰라.

문학사 그런데 그런 교묘한 방법이 있으려나?

법학사 자네도 알다시피 내 아내는 게이샤[2] 출신인데도 전혀 게이샤답지 않게 사고방식이 아주 구식이고 유순한 사람이었지. 정숙하고 온화하며, 이제 오로지 내 명령을 따르면서 가정을 지키는 사람이 됐어. 연애시절에는 그런 얌전한 성격이 아주 마음에 들었지만, 결혼하고 나서는 난 그녀의 단순함과 평범함에 질려 버렸네. 그리고 숟가락을 던져 버렸지. ……

문학사 자네 아내뿐만이 아니야. 여자는 모두 단순하고 평범한 존재라네. 아무리 똑똑하고 화려해 보이는 여자라 해도 결혼하면 금방 주눅이 들어 버리지. 여성들이 갖고 있는 신지식은 대개 얄팍한 벼락치기인 법이라서, 차라리 처음부터 교육을 받지 않는 편이 오히려 좋아.

법학사 그래서 난 그 여자와 이혼하기 위해서는 그녀

2 일본의 예기(藝妓).

를 교육시킬 필요가 있다고 생각했어. 벼락치기라도 좋으니까 어설픈 서양사상을 마구 불어 넣어서 급조된 신여성으로 만드는 거야. 남편이 이혼신청을 해도 겉으로는 끄떡도 하지 않는 자부심을 갖도록 말일세.

문학사 과연, 하지만 그런 교육을 실시하려면 꽤 시간이 걸리겠는데.

법학사 그래서 3년 계획으로 시작했지. — 물론 교육이라 해도 벼락치기 정도면 충분하니까 3년이면 될 것 같았어.

문학사 흠, 그래서 결과는 어땠나?

법학사 결과는 상당히 좋았네. 내 계획이 들어맞았지. — 나는 우선 그녀를 교육시키기 위해 실행과 사상이라는 두 방법으로 양쪽을 나누어서 그녀를 이끌어 갔네. 실행 방면으로는, 난 처음에 남녀동등권(男女同權)이라는 걸 주장하기 시작했어. 그녀에게 내가 누리는 만큼의 시간과 돈의 자유를 주었지. 내가 요릿집에서 50엔을 용돈으로 쓰면 그녀도 포목점에 그만큼의 옷을 주문하네. 내가 친구들이 불러서 남녀 허물없이 유곽에 놀러 가면, 그녀도 남녀 친구들과 만나서 사귀고 유람을 다니기로 한 걸세.

문학사 그렇게 얌전한 자네 아내가 정말 그런 행동을 하게 되었나?

법학사 처음에는 사양했지만, 두세 번 맛을 들이고는 재미나서 못 견디는 것처럼 보이더니 이제 게이샤 시절로 다시 돌아온 것처럼 활발하게 나다니게 됐지. — 그러니 여자의 정숙이라든지 유순함이라는 건 실제로 믿을 수 없다네. 이들은 기회만 있으면 언제든 타락할 소질을 지녔어. 내 아내 같은 여자는 1년도 안 되어서 다시 태어난 것처럼 경망스럽고 바람기 있는 여자가 되어 버렸네. 그리고 내 계략에 속아 넘어간 줄도 모르고 오히려 남편의 너그러움을 감사할 정도였지. 정말 여자는 바보야. 점점 더 정나미가 다 떨어졌어.

문학사 그러고 나서 어떻게 했어?

법학사 또 사상 방면으로는 개인주의나 독신주의, 향락주의, 데카당파 등의 소설이나 희곡의 번역을 닥치는 대로 읽혔네.

문학사 읽어도 몰랐을 텐데.

법학사 알든 모르든 알고 있는 척 하게 만든 거야. 그러자 우습게도 이 여자는 그 대단하신 블루스타킹[3]에라도 가입한 것 같은 기분으로 입센의 노라가 어떻다느니, 와일드의 살로메가 어떻다느니 하는 말을 멋지게 내뱉을 수 있게 되었네. 여자는 흉내를 잘 내니까.

문학사 하지만 자네 아내도 머리가 꽤 좋은 여자인가

---

3 Bluestocking Society. 일본어 번역은 청탑(靑鞜) 또는 청탑파(靑鞜派). 1750년 경 영국의 몬타규 부인(Elizabeth Montagu) 등이 여성들이 참여할 수 있는 지적인 문예 살롱을 형성하였고, 주요 멤버 중 한 사람이 검은 비단 양말 대신 파란 털실 양말을 신고 있었던 데에서 모임의 명칭이 유래되었다. 일본에서는 1911년(메이지 44년) 여류운동가 히라즈카 라이초(平塚雷鳥)가 기관지 『세이토(靑鞜)』를 발행하여 평론·문예작품을 발표하고, 여성해방을 비롯한 서구의 신사상을 소개하였다.

봐. 3년간의 교육치고는 대단한 진보군.

법학사 머리가 좋은 게 아니라 모방하는 능력이 발달한 거지. 이제 그 여자는 남편보다 자신이 훨씬 영리하고, 모든 점에 있어서 훨씬 우월한 인간이라고 생각하게 되었네.

문학사 용모만큼은 확실히 자네에게는 과분한 미인이었으니까.

법학사 자, 말 돌리지 말고 들어 보게. — 3년간의 교육 결과로 그녀는 가정 이외에도 여자들을 위한 재미있는 세계가 많다는 걸 배웠지. 나 말고도 자기를 사랑해 줄 만한 훌륭한 남자가 많다는 사실을 알게 되었어. 그녀가 자신보다 못한 인간이라고 평가하는 현재의 남편과 꼭 평생을 같이 살 필요가 없다는 걸 깨달았다네. 그리고 마지막으로, 이런 생각을 갖는 것이 신여성의 자격이라고 믿게 되었지.

문학사 근데 둘 사이에 애가 있잖아. 아무리 신여성이라도 아이에게는 미련이 남을 텐데.

법학사 그 점에 대해서도 난 처음부터 빈틈이 없었네. 기회가 있을 때마다 난 여자가 자식에 대한 사랑에 이끌려 노예 같은 처지를 감수하면서 한 남편을 섬기는 것이 얼마나 무의미하고 얼마나 무기력한지를 충분히 역설했었지. 게다가 이혼은 하겠지만 아이가 보고 싶으면 언제든지 놀러 오라고, 나도 당신 집에 아이를 놀러 보내겠다는 조건으로 그녀와 의논을 했어. 서로 애정이 없어졌으니 웃으며 이혼하고 앞으로도 친구처럼 교제는 계속하자는 취지로 말이야.

문학사 자네가 그렇게 말했을 때 자네 아내는 뭐라고 하던가?

법학사 그 여자, 그때 처음 속은 줄 알았는지 분한 표정을 지었지만 말이야. 그렇더라도 울거나 사과하는 건 신여성의 품위에 손상된다고 생각했을 거야. 곧바로 아무렇지도 않은 듯이 웃으면서 '네, 좋아요. 실은 저도 진작부터 이혼을 생각하고 있었으니까요'라며 흔쾌히 승낙

하더군. 하지만 그때 그 여자의 태도가 굉장히 연극조로 과장되어 있어서 아주 진기한 광경이었어. 덕분에 난 양심의 가책도 받지 않았고 슬프지도 않았네.

문학사 하긴 잘 되었군. 확실히 대성공임에 틀림없군. 그래서 자네 아내는 앞으로 어떻게 할 작정인가?

법학사 자기 말로는 당장 재혼 이야기가 있는 것처럼 자만하고 있네만, 아마 그렇지도 않을 거야. 이번에는 그 여자가 꿈에서 깨어 정신을 차릴 차례일걸세.

문학사 하지만 자네 입장에서는 너무 잘난 남자에게 재가하는 것도 불쾌하겠지.

법학사 불쾌할 게 뭐가 있겠나. 그녀가 행복해질수록 점점 양심의 가책이 사라지는 셈이니, 그녀의 행복이 결국 나의 행복이기도 하네. 난 하루라도 빨리 그녀가 내게 보란 듯이 되갚아 주길 기도하고 있어.

문학사 아직 나이도 젊고, 게다가 미인이라서 얼마든지 혼처는 있을걸세.

법학사 하지만 그렇게는 안 될 거야. — 난 그녀가 어떻게 될지 알아.

문학사 뭐가 될 것 같아?

법학사 여배우지. 분명히 여배우가 될 거야. — 여배우는 그런 여자가 하는 거니까.

문학사 여배우가 되어 준다면 자네는 더욱 행복하겠군. 그런 화려한 직업을 가지면 전혀 가엾지 않을 테니까 말이야.

법학사 그래, 그렇게 되면 내 계략은 충분히 성공한 거야.

문학사 정말 아이러니한 사건이네. 왠지 나도 부럽군. 하하하.

법학사 하하하.

(1917)

흰 여우 온천

흰 여우 온천(白狐の湯)

등장인물	가쿠타로
	오사요
	오사요의 어머니
	여우
	새끼 여우
	어느 백인 여성
	백인 여성의 하녀인 노파
	어느 백인 신사
	순경
장소	어느 산골 계곡가

한가운데로 시냇물이 흐르고, 강바닥에 큰 바위가 여러 개 굴러떨어져 있어서 물은 보이지 않지만 시냇물 소리가 졸졸 들린다. 양쪽 기슭은 강둑인데, 그 둑 사이로 좁은 산길이 뚫려 있어 계곡 위로 걸쳐진 외나무다리로 연결된다. 위쪽 길에서 외나무다리를 건너 무대 앞쪽 물가로 내려왔더니 계곡물과 아슬아슬하게 거의 스칠 정도로 가까운 곳에 낡은 오두막이 서 있다. 바로 그 강가에서 솟아나는 온천물을 이용하기 위한 오두막이다. 강 하류 쪽에 작은 창문이 있고 입구가 강을 향해 열려 있지만, 그 근처에 바위가 있는 데다 내부가 어두워서 온천 입구는 보이지 않는다. 그저 희미하게 뿌연 김이 오두막 안쪽에서부터 처마를 스치며 강으로 흘러 들어가고 있다.

고요한 초가을 밤이다. 물길을 따라 나 있는 강둑 가장자리에는 흰 싸리가 군데군데 만발해 있다. 오사요가 온천 입구에서 가까운 바위 위에 앉아 멍하니 강 상류 쪽을 바라보고 있다. 잠시 후 한 노파 —오사요의 어머니—가 장작을 짊어지고 무대 왼쪽 비탈길에서 다리 쪽으로 내려온다. 다리를 반쯤 건넜을 때

오사요를 발견하고 멈춰 선다.

어머니 누구야, 거기에 있는 건? …… 너, 오사요가 아니니? ……

오사요 아무 말 없이 가만히 있다.

어머니 어떻게, 지금 …… 너 정말 ……

오사요, 어머니가 얼굴을 알아봐서 난처한 듯 고개를 숙인다.

어머니 밤이 이슥해서 이런 곳에 오면 안 돼. 오지 말라고 엄마가 그만큼 말했는데. 너, 언제부터 여기 와 있었니? 응? 언제부터야?

오사요 …… (무언가를 말하려다 입을 다물어 버린다)

어머니 뭐야? 뭐라고 했어?

오사요 아무 말도 안 했어.

어머니 안 했다고? 아무 말 안 해도 엄마는 네 맘속을 알고 있어. …… 자, 빨리 가자, 엄마랑 함께 가자.

오사요 ……

어머니 자, 가자는데. 그리고 말이야, 너 집을 비우면 어떡하니, 엄마는 오늘 옆 마을에 들렀다 와야 하니까 늦게 돌아올 거라고 오늘 아침에도 미리 말해 뒀는데, 참 어이없는 애로구나. …… (잠시 틈을 두고) 자, 같이 가자니까.

오사요 저, 엄마, …… 난 곧 뒤따라갈게.

어머니 아니 안 돼, (하늘을 올려다본다) 자, 봐라, 벌써 달이 오리나무(榛木)산의 저 소나무에 걸려 있어. 넌 저게 안 보이니?

오사요 나도 보여, 난 저 달을 기다리고 있는걸. ……

어머니 저 달을 기다린다고?

오사요 응, 그래, 달과 함께 찾아올 사람이 있어서 기다리고 있는 거야.

어머니 흠, 기다린다고 올 리가 없지, 가쿠타로는 아마 죽었을 거야.

오사요 죽었으면 시체가 나와야 한다고 다들 그렇게 말하잖아. 가쿠타로의 형 때도, 누나 때도, — 봐, 그 계곡의 다리 아래쪽 말이야, 시퍼런 못 속에서 위를 향해 누운 모습으로 분명히 시체가 떠올랐다던데.

어머니 그야 그때는 그랬지만, 가쿠타로 녀석은 계곡에서 죽었는지 산에서 죽었는지 알 수 없잖아. 시체가 나온다는 법도 없어.

오사요 하지만 옛날부터 이 마을에서 여우에게 홀린 사람이 있으면 모두 계곡에 빠져 죽었다고 말하잖아. 그러다가 마지막에는 시체가 되어서 그 못으로 떠오른다는 거야……

어머니 그렇다고 해도 너 말이야, 시체가 떠오를 때까지는 시간이 걸린다고, 가쿠타로 녀석이 없어진 지 아직 5, 6일밖에 안 지났는걸.

오사요 그러니까 말이야, 아직 5, 6일밖에 안 됐으니까 살아 있을지도 모르잖아.

어머니 5, 6일이나 밥을 안 먹고 산 속에서 살아 있을 수 있겠어? 아무리 여우에게 홀렸다고 해도……

오사요 그래도 인간은 물만 마시면 10일이나 11일 정도 밥을 먹지 않아도 괜찮다고 학교 선생님이 그러셨어. 그러니까 가쿠타로는 아직 살아 있을 거야.

어머니 살아 있어도 여우에게 홀린 그런 인간은 두 번 다시 우리 집에 들여 놓지 않을 거니까.

그렇게 말하며 오사요를 흘겨본다. 오사요, 슬픈 표정으로 고개 떨군다.

어머니 (다리를 건너 오사요 곁으로 와서, 바위 모서리에 걸터앉아 상냥한 말투로 말한다) 있잖니, 오사요, 왜 그렇게 가쿠타로 걱정만 하고 있니? 넌 아직 나이가 어리잖아. 조만간 시집갈 때가 되면 얼마든지 좋은 사윗감을 얻을 수 있어.

오사요 아니, 엄마, 난 굳이 그럴 생각 없어.

어머니 그럼 왜 가쿠타로 걱정만 하는 거야? — 오사요, 우리 딸 착하지, 같이 가자. 가쿠타로 녀석은 어쩔 수 없지만, 너한테 무슨 일이라도 생기면 난 정말 부처님께 면목이 없어.

오사요 가쿠타로도 엄마의 하나뿐인 조카인걸.

어머니 아니, 난 저런 여우 씐 인간을 조카라고 생각하지 않아. 그 집안은 대대로 여우에게 벌을 받고 있지. 그 아이 엄마가 죽은 거나, 형이나 누나가 죽은 거 모두 여우의 업보란 말이야.

오사요 여우한테 홀리다니, 요즘 세상에 그런 일이 있을 리 없다고 선생님이 그러셨어.

어머니 아무리 선생님이 그랬다고 해도 가쿠타로가 하는 짓이 제정신이라고 생각되니? 어렸을 때는 그러지 않았는데, 고용살이 하러 내보냈더니 저렇게 바보가 되어 돌아오질 않나, 할 수 없어서 거두어 주니 온종일 산속만 쏘다니고, 무슨 일이든 제대로 일을 마무리한 적이 없어. 그 아이 엄마가 실성했을 때도 꼭 저런 식이었지.

오사요 사실 큰어머니에 대해서는 잘 모르겠지만 말이야, 가쿠타로는 여우가 씐 게 아냐. 그냥 조금 정신이 이상해진 것뿐이야. 그러니까 친절하게 보살펴 주면 금방 나을지도 몰라.

어머니 아니, 그건 그냥 미치광이가 아니야. — 실제로 너, 이 흰 여우 온천 근처에서 말이다, 밤이 깊어지면 매일 밤 그 아이가 새하얀 여우와 함께 걷고 있는 걸 봤다는 사람이 있어.

오사요 엄마가 곧이곧대로 받아들이니까 다들 재미있어서 무책임한 말을 하는 거야. 그야 당연히 거짓말이지.

어머니 아니, 거짓말일 리가 없어. 그저께 밤에는 치토세야(千歳屋)의 주인이 봤다고 하고, 그 전날 밤은 오로쿠 씨네 젊은 점원들이 봤다고 하더라. —

오사요 그건 모두 예민해서 그래.

어머니 신경이 예민한 거라면 그렇게 몇 사람이나 같은 걸 볼 리가 없어, 어젯밤에도 그저께도 본 사람이 있대.

오사요 거봐, 어젯밤 본 사람이 있으면 가쿠타로는 아직 살아 있네. …… 근데 말이야, 봤으면 왜 붙잡아서 데려오지 않은 거야?

어머니 아무리 그래도 너, 한밤중에 이런 계곡까지 내려오는 사람은 없어. 어두워지면 누구든, 엄마도 이 오두막 근처에 가까이 가지 않을 테니까.

오사요 그럼 다들 어디서 가쿠타로를 본 거야?

어머니 봐, 모두 저기, (강둑 위를 가리킨다) 저쪽 길에 있는 밤나무 밑을 지날 때 말이야, — 저곳에서 이 오두막 부근이 보여. 게다가 말이야, 항상 여우가 나올 때는 꼭 달밤이라니까.

오사요 …… 정말 그럴까……

어머니 어어, 그렇고말고, 너도 자주 들었을 텐데 — 가을이 되어 매년 싸리꽃이 필 시기가 되면 여우가 온천에 들어오려고 여기로 온대. 봐, 저 달이 오리나무산 너머로 떠올라서 골짜기가 대낮처럼 밝아지고, 이 오두막 안쪽으로 불빛이 비춰 들어오는 시간이 되면 항상 어김없이 여우가 온천에 몸을 담그고 있는 거지.

오사요 누가 그런 말을 꺼냈어?

어머니 누구라니, 옛날부터 본 사람이 많아. 온천물이 깨끗하니까, 게다가 달빛이 투명하게 비치지, 그 탕 안에 여우가 새하얀 털을 세우고 목덜미와 겨드랑이 아래를 부지런히 씻고 있는 모습이 마치 눈의 정령(雪女)처럼 굉장하다고 하더라. 그게 너무 예뻐서, 무심코 빨려 들어가 오두막 안을 엿보기라도 하면 그 후로 미쳐 날뛰게 되는 거야. 가쿠타로의 엄마나 형과 누나도 모두 그래서 그렇게 된 거야.

오사요 그럼 가쿠타로도 밤이 되면 그 여우를 보러 올까?

어머니 그래, 맞아. 매일 밤마다 꼭 이 오두막을 들여다보러 왔겠지. — 여하튼 본 사람의 말로는, 저 밤나무의 높은 곳에서 내려다보는 거라서 아주 조금밖에 안 보이지만, 그게 새하얀 예쁜 여우가 온몸이 달빛에 비쳐 은처럼 반짝이면서 말이야, 스르르 이 오두막을 나와서 그쪽 다리를 건너간다는 거야. 그러면 또 가쿠타로 녀석이 어김없이 그 뒤에 착 들러붙어 있다는 거지.

오사요 다리를 건너서, 그다음에 어디로 가는 걸까?

어머니 아마 이 계곡의 상류 쪽으로 갈 거야. 상류 쪽에 여우동굴이 있지.

오사요, 고개를 들어 하늘의 달빛을 보고, 그러고 나서 강의 상류 쪽을 물끄러미 바라본다.
잠시 틈을 둔다.

어머니 자, 오사요, 언제까지 여기 이러고 있을 거니? 이제 그만 좀 해.

오사요 난 조금 더 여기 있을게. —

어머니 너 왜 그런 바보 같은 소리를 하는 거야? 봐, 벌써 달이 한 바퀴 돌아와서 이쪽 방향을 비추고 있잖아.

오사요 난 그 달을 기다리고 있어. 그리고 가쿠타로를 데리고 돌아갈 거야. 엄마 먼저 가세요.

차츰 골짜기에 달이 비친다.

어머니 너, 가끔은 부모 말도 듣는 거야. 그딴 녀석에게 신경 쓰고 있으면, 너도 곧 여우에 홀리고 말 거야.

오사요 홀려도 된다니까, 내버려 둬!

어머니 참! 그렇게 말했는데도, 너 정말 고집이 세구나. 그래 좋아 좋다고, 말을 듣지 않을 거면 순경을 불러올 테니까.

오사요 뭘 하든 마음대로 해.

어머니 자! 오사요, (그녀의 손을 잡고 일어선다) 일어나자! …… 일어나라니까!

오사요 근데 엄마는 가쿠타로가 불쌍하지도 않아? 그런 무자비한 마음으로 돌아가 버리면 반드시 자기 딸도 재앙을 입는다니까.

어머니 이 녀석, 바보 같은 소리 하지 마! 자! 일어서란 말이야!

오사요 어머, 뭐하는 거야!

어머니, 억지로 오사요를 끌고 외나무다리를 건너간다.

오사요 아이, 엄마, 제발 놔 줘!

어머니 싫어, 어떻게 해서든 내가 데리고 갈 거야.

오사요 싫다니까! 아이, 엄마 ……

두 사람이 다투면서 강둑길로 사라진다. "아이, 엄마, 싫다니까!" 라는 오사요의 울음소리가 한동안 들린다.

긴 시간이 지남. 달이 계곡을 가득 비추고 푸르스름한 불빛이 온천 안으로 스며든다. 벌레가 맴맴 하며 계속 울어 댄다.
쥐죽은 듯한 고요함 속에 계곡의 여울 소리가 유난히 두드러진다.
강 상류 쪽 바위틈으로 가쿠타로의 모습이 나타난다. 옷자락이 찢어진 통소매 차림에 낡은 짚신을 신고 있다. 바위 위를 건너뛰며 계천을 건너서 점점 외나무다리 쪽으로 오더니, 어느 바위 모서리에 발이 미끄러져서 벌렁 앞으로 엎어져 쓰러진다. 그리고 쓰러진 채로 몸을 납작하게 땅에 대고 가만히 죽은 듯이 움직이지 않는다.

조금 오랜 시간이 지남. 벌레 소리. 여울 소리.

……

오사요가 가만히 뒤를 돌아보면서 강둑을 내려온다. 외나무다리를 건너 조심조심 온천 옆까지 가서 안을 들여다보려 한다. 하지만 달빛이 유난히 밝게 비추어서 겁이 났는지, 오두막 주위를 한 바퀴 돌아보고는, 이번에는 하류 쪽 창문에 매달려 들여다보려다 잠시 망설인다. 그리고 결국 들여다볼 엄두를 못 내고 다리 위로 되돌아와서 두리번두리번 주위를 둘러보며 그리운 듯이 강 상류 쪽을 바라본다. 그러다 가쿠타로의 모습을 발견하고는 흠칫 놀라서 다리에서 뛰어내려 그쪽으로 다가간다.

오사요 어머, 가쿠타로, 너 뭐야, 그런 데에 아무렇게

나 드러누워서 뭐하고 있는 거야? 그치? 가쿠타로 맞지? …… 가쿠타로도 참!

가쿠타로 곁으로 다가와 안아 일으키면서,

오사요 아니, 옷이고 뭐고 전부 다 이렇게 젖어 있구나 ……

오사요, 가쿠타로를 바위 모서리에 걸터앉게 하고 옷자락을 쥐어짜 준다. 가쿠타로는 멍하니 넋을 잃은 듯한 얼빠진 눈빛으로 주위를 둘러보고 있다.

오사요 가쿠타로, 너 말이야, 요전부터 3, 4일 동안 어디에 갔었니? 내가 얼마나 걱정하고 있었는지 모르면서…… (지그시, 꺼림칙한 표정으로 얼굴을 응시한다) 야, 가쿠타로! 정신 차려! …… 너 배고파서 못 걷겠어? 걸을 수 없으면 내가 업고 가 줄 테니까 함께 집으로 돌아가자. …… 집에 가자 가쿠타로.

가쿠타로 (오사요의 손을 뿌리치면서) 싫어. 난 집에 돌아

가지 않을 거야. (말하면서 계속 두리번거린다)

오사요 왜? 왜 그래?

가쿠타로 난 너희 엄마가 심술궂어서 정말 싫어.

오사요 그런 게 아냐. — 엄마도 마음속으로는 가쿠타로를 걱정하고 있어. 가쿠타로가 또 여우에게라도 홀린 게 아니냐면서, 조금 전에도 여기로 찾으러 왔어. ……

온천 내부가 안개 낀 것처럼 희미하게 한층 푸르스름해진다. 가쿠타로는 어느새 그 오두막 쪽으로 눈을 돌리고, 오사요의 말이 전혀 들리지 않는 듯 …… 눈동자의 색이 점점 이상해진다.

오사요 (섬뜩해지면서) 가쿠타로, 너 뭘, — 뭘 보고 있는 거야?

가쿠타로 아, 저거, 저렇게 달이 비추잖아. 저걸 봐, 저 오두막에 달빛이 비치는 걸 봐봐, — (말하면서

뭔가에 홀린 듯 비틀비틀 걷기 시작하더니, 다리에 올라가 오두막 쪽으로 다가간다)

오사요 (역시 다리 위로 따라가서, 보내지 않으려고 손을 잡는다) 저걸 보지 마. 보면 안 돼, 가쿠타로.

가쿠타로 아냐, 난 그리로 갈 거야, 저 온천 안에 벌써 그 사람이 와 있어.

오사요 어, 가쿠타로, 그만 하라니까! 지금 저런 곳에 사람 따윈 아무도 없어.

가쿠타로 아냐, 있어, 있어, — 자, 봐, (다리 위에서 틈새로 들여다본다) 저기 흰 게 어른어른 보여. — 저것 봐, 저쪽에 사람이 있잖아. (오두막 쪽으로 더 다가간다)

오사요 (그 말을 듣고 그쪽을 바라보며 섬뜩해서) 거짓말이야 가쿠타로, 없다구. — 내가 아까부터 이 오두막 근처에 있었는데 아무도 안 왔단 말이야. ……

가쿠타로　　그래도 내겐 분명히 보여. — 매일 밤마다 달이 저 오두막 안에 있는 온천탕을 비출 때 분명 그 사람이 와 있었어. 어젯밤에도, 그저께 밤에도 딱 이맘때에 난 봤어.

오사요　　거짓말이야, 그럴 리가 없어.

가쿠타로　　거짓말이 아니야. — 거짓말이라고 생각하면 나와 함께 가서 보자. …… (다시 틈새로 들여다본다) 거봐, 벌써 와 있네. 있어. 봐, 저 사람이 옷을 벗고 알몸이 되었어. …… 봐, 지금 온천물에 몸을 담갔어. 새하얀 몸에 달빛이 비쳐서…… 자, 오사요, 저걸 봐.

오사요　　(억지로 보지 않으려고 하면서) 가쿠타로, 제발 보지 마. 저건 분명 여우란 말이야.

가쿠타로　　바보 같은 소리 하지 마. 저건 사람이야. 난 저 사람을 잘 알고 있어. 고베(神戶)[1]에 있을 때

1　일본 효고현(兵庫県) 남동부, 오사카만(大阪湾)에 인접하는 일본 유수의 무역항. 일찍이 서양문물을 받아들여 번성한 도시이며, 메이지시대 이후 서구인

저 사람을 본 적이 있어.

오사요 저건 여우야. — 여우가 틀림없어.

가쿠타로 누가 그런 말을 해?

오사요 엄마가 그랬어. — 엄마뿐만이 아니라 마을 사람들 모두 그렇게 말해. 달이 비출 때 그 온천을 들여다보면 여우가 있대. 그리고 말이야, 그 여우를 본 사람은 모두 여우에 홀리니까 절대 보면 안 된다고 했어.

가쿠타로 하하하, 마을 사람들 모두 아무것도 모르는구나. 저건 여우가 아니라구. — 오사요, 너한테만 내가 비밀을 가르쳐 줄게. 저건 말이야, 봐봐, 치고가후치(稚児ヶ淵)[2] 기슭 위의 그 별장에 묵고 있는 서양 여자란 말이야.

들의 왕래가 잦았던 지역이다.

2 일본 가나가와현 후지사와시(神奈川県 藤沢市)의 에노시마(江ノ島)에 있는 연못. 승려가 기거하며 스승으로부터 가르침을 받던 소쇼인(相承院)에 머무르던 어린아이가 투신한 장소라고 하여 치고가후치(어린아이의 연못)라는 명칭이 유래한다.

오사요 (슬픈 표정으로 가쿠타로를 바라본다) 거짓말이야 가쿠타로, 저 외국인이 지금 이 시간에 이런 곳에 올 리가 없어. 가쿠타로가 마음이 흔들려서 그래.

가쿠타로 서양인은 말이야, 목욕하는 모습을 다른 사람이 보는 걸 싫어해. 그러니까 지금쯤 아무도 없을 때 이 온천탕에 오는 거야. ……

오사요 그런데 그 별장에는 온천물이 연결되어 있잖아. 이런 곳에 일부러 몸을 담그러 오지 않아도 될 텐데 ……

가쿠타로 하지만 그 사람은 나쁜 병에 걸렸어, 여기 이 온천탕에 들어가야 그 병을 고칠 수 있으니까 다른 사람들에게 들키지 않도록 몰래 오는 거야. 마을 사람들은 아무도 눈치채지 못하지만, 난 분명히 알고 있어.

오사요 (반신반의한다) 그걸 가쿠타로가 어떻게 알고 있는 거야?

가쿠타로　　저 사람은 말이야, 내가 일하던 가게 바로 근처의 크고 오래된 서양저택에 살고 있었어. …… 그래, 난 잘 알고 있어. …… 그 집에는 두세 명의 외국인 여자가 더 살고 있는데, 밤이 되면 붉은 옷이나 흰 옷을 입고 모두 예쁘게 화장을 하고 있었어. …… 하지만 그 후로 그 사람은 병에 걸려 버렸지. 그리고 오랫동안 앓고 있었어.

오사요　　근데 저 외국인은 전혀 몸이 아프지 않아. 저녁때가 되면 골짜기를 넘거나 강을 건너 항상 터벅터벅 혼자서 산길을 걷고 있었어. 여자인 셈치고 잘도 저렇게 활발하게 걷는다고 모두들 감탄하고 있는걸.

가쿠타로　　그건 매일 밤 이 온천물에 몸을 담그러 오니까 점점 병이 나아서 그런 거야. 이번 여름부터 계속 죽 이곳에 있었잖아. — 몸이 건강하다면 이렇게 추워졌는데 언제까지 여기에 머무르지 않을 거야. 어느 별장이건 이젠 아무도 없잖니? ……

오사요가 가만히 생각하고 있는 사이에 가쿠타로는 휙 다리를 뛰어넘어 간다.

오사요 (황급히 그 뒤를 쫓다가 오두막 앞에 와서 다시 손을 잡는다) 가쿠타로, 아이 참, 가쿠타로!

가쿠타로 난 저 사람에게 볼일이 있어. 싫으면 넌 저리로 가! 어서, 오사요 저쪽으로 가 줘! (말하면서 오두막 안을 들여다보려고 한다. 오사요, 말린다) 너 왜 훼방을 놓는 거니?

오사요 왜냐하면, …… 만약 여우라면 어쩔 거야. ……

가쿠타로 (재빨리 오두막 안을 들여다본다) 로사 씨, 로사 씨, …… 저예요, 양복점 점원 가쿠타로예요. ……

오사요 아니, 가쿠타로, 그만두라고!

말하면서 억지로 강 하류 쪽으로 끌고 간다.

가쿠타로 (끌려가며 오두막 창문에 매달려 발돋움해서 안을 들여다본다) 어, 있다, 있어, 로사 씨, ……

오사요 이봐, 가쿠타로도 참! (무심코 함께 들여다보려 했지만, 역시 무서워서 볼 수 없다) 거봐, 아무도 대답하지 않잖아, …… 사람이 있을 리 없어.

가쿠타로 로사 씨 …… 로사 씨 ……

오사요 자, 빨리 돌아가자, 가쿠타로, 너 미쳤어.

가쿠타로 어, 저기 분명히 있잖아. …… 저기, 저걸 봐. …… 로사 씨가 부지런히 몸을 씻고 있어. …… 아아, 온천물 안에 저렇게 달이 비치고 있네. 가득 찬 온천물이 수정처럼 맑고 투명해서 …… 로사 씨의 온몸이 눈처럼 아름답게 빛나고 있어. 아니야, 눈이 아냐, 은이야. 은처럼 눈부시게 반짝반짝 빛나고 있어. …… 아, 지금 머리카락을 바슬바슬 쓰다듬고 있어. …… 어, 저길 봐, …… 로사 씨의 머리카락이, 온천물 속에서 금빛 머리카락이, 달에 비치고 있잖아. 저렇게 아름다운 게, …… 저것도 인간의 머리카락이라니까……

오사요 (보려고 하다가 주저하면서) 그건 전부 너의 착각이야, 그런 게 보일 리가 없어. ……

가쿠타로 저런, 이제 머리카락을 풀어 버렸어…… 이번에는 팔을 씻고 있어…… 아아, 로사 씨는 팔의 종기를 씻고 있어. 로사 씨, 로사 씨, 그렇게 종기를 온천물에 담가도 스며들지 않는 거예요? …… 아니, 종기가 어쩌면 이렇게 아름다울까. 붉은 피고름이 뜨거운 물속에서 반들반들 윤이 나서 마치 하얀 벨벳 위에 루비 구슬이 반짝반짝 빛나는 것 같아 …… 아아, 저기, 팔뿐만이 아니야, 다리에도 하나, 어깨에도 하나 …… 저건 종기가 아닐지도 몰라, 아마 진짜 루비일 거야. 그래서 저렇게 빛나는 거야. …… 오사요, 저걸 봐, 저 새하얀 목덜미를 봐, 저것도 인간의 피부란 말이야. ……

오사요, 다시 몇 번이나 망설이다 끝내 유혹에 넘어가 조심조심 창문을 열고 안을 들여다본다. 동시에 '악' 하고 몸에 털이 곤두설 것 같은 모습으로 얼른 목을 움츠린다.

오사요 (새파랗게 질려 부들부들 떨면서 도망치듯 오두막 주변을 떠난다) 아, 아, 저건, 여, 여, 여우다. 여우야 가쿠타로! …… 나, 나, 여우를 보고 말았어.

가쿠타로 아아, 벌써 다 씻어 버렸네. 타월로 몸을 닦고 있어. 로사 씨, 로사 씨, 이제 탕에서 나오시나요? 나오신다면 제가 모시러 갈게요. ……

오사요 가쿠타로, 그건 사람이 아니야 …… 새하얀 여우야, 역시 엄마가 말한 대로였어. …… 난 순경 좀 불러올게.

말을 내뱉고 날아가듯이 외나무다리를 건너서 무대 오른쪽의 산길을 달려간다.

가쿠타로 …… 벌써 몸을 닦았군. 저거, 저거, 옷을 입고 있네. 타월로 만든 새하얀 옷을 입고 있어. 몸이랑 옷이 모두 새하얘서 뭔가 눈의 정령 같구나. …… 아, 다시 온천 가장자리로 가서 쪼그려 앉아 버렸네. 저기, 저기, 로사 씨의 모습이 온천물 위로 비치고 있어. 달님보다 창백하게, 환하게 비치고 있어. …… 아 알았다, 로사 씨는 거울을 갖고 오지 않았군요? 그래서 온천물에 자신의 모습을 비추어 보고 있는 거죠? …… 아아, 머리를 묶고 있어. 젖은 머리카락에서 뚝뚝 물방울이 흐르네. …… 이런, 벌써 머리를 다 묶었어. 타월을 짜서 발을 닦고, 흰색 새틴[3] 신발을 신고 있구나. …… 로사 씨, 벌써 준비가 된 건가요? 나오나요? 제가 마중을 왔어요. …… (말하면서 오두막의 문간 쪽으로 돌아서간다) 아아 나왔다, 나왔어, 로사 씨!

오두막 안에서 백인 여성으로 둔갑한 여우가 나온다. 흰 타월로 만든 유카타(浴衣)[4]를 입고 맨발에 흰색 새틴 신발을 신었으며, 비누상자

3 satin. 공단, 수자(繻子)직물.

4 여름철에 입는 면으로 된 홑옷의 일본식 욕의. 주로 하얀 천에 남색으로 무늬를 물들인 것이 많다.

와 스펀지와 타월을 넣은 바구니를 들었다. 여우가 오두막을 나서는 동시에 오두막 안에 가득 찬 파르스름한 달빛 같은 것이 계속 여우의 뒤를 따라 그 몸 주변을 비춘다.
백인 여성으로 둔갑한 모습을 보면서 가쿠타로는 무의식중에 그 아름다움에 홀린 듯 잠자코 두세 걸음 뒤로 물러선다. 여우, 흘끗 가쿠타로를 바라보고 스르르 그 앞을 지나치면서 다리를 건넌다.

가쿠타로 (조심스럽게) 저기요, 로사 씨, 로사 씨, 당신은 로사 씨 아닌가요?

여우 (다리 중간에서 뒤돌아보며, 서양인 억양의 일본어로) 네, 그래요…… 나는 로사입니다. 당신 누구? — 누구세요?

가쿠타로 저예요 — 그, 고베에 있는 나카무라 양복점에서 일하던 점원입니다.

여우 아, 그래요. 당신, 테일러 나카무라에 있었지요?

가쿠타로 네, 그렇습니다. 그 가게에서 3년 정도 일했습니다. 그리고 또 로사 씨한테 옷을 갖다 드렸어요. 로사 씨는 여러 가지 옷을 많이 가지고 계셨죠. 저기, 2층 막다른 곳에 있는 로사 씨의 방에 갔더니 거울이 붙어 있는 흰색 옷장이 있고, ― 침대 옆에 그 옷장이 두 개 나란히 놓여 있는데 ― 그 안에 옷이 가득 들어 있었어요. 저기, 로사 씨, 전 분명히 기억하고 있어요.

여우 아…… 당신 이름, 뭐라고 부릅니까?

가쿠타로 저는 가쿠타로라고 해요.

여우 오, 가쿠타로 ― 나 알고 있어요, 당신, 그때 그 보이(boy)군요.

말하면서 다리를 되돌아와 가쿠타로의 얼굴을 바라본다.

가쿠타로 로사 씨가 저를 아주 예뻐해 주셨어요. 가쿠타로 씨, 가쿠타로 씨라고 부르면서, 갈 때마다 제 머리를 쓰다듬어 주시고, 은 종이로 잘 포장된 초콜릿을 주셨지요.

여우 맞아요, 맞아요, 나, 당신에게 초콜릿을 드렸어요. 당신, 아주 영리한 보이였어요. 나 절대 잊지 않았어요. (바위 모서리에 걸터앉으면서) 당신, 왜 거기에 서 있어요? 여기 같이 앉아요.

가쿠타로 예, 감사합니다, 감사합니다. (기쁜 듯이 나란히 앉는다)

여우 가쿠타로 씨 — 그런데 당신, 왜 여기에 와 있어요?

가쿠타로 저 말입니까? 저는 저기, 고베에서 일하고 있었는데, 미친 사람도 아닌 저를 미쳤다면서 이런 시골로 쫓아내 버렸습니다.

여우 당신 아빠 엄마 집 이 시골에 있나요?

가쿠타로 아닙니다, 저희 부모님은 이미 돌아가셨어요. 그래서 하는 수 없이 숙모 집으로 돌아왔습니다.

여우 아 그래요, 당신 숙모님 집에 있어요?

가쿠타로 아뇨, 이제 그 집에서도 나와 버렸어요. 전 그 노파가 정말 싫은걸요 — 심술궂어서 매일매일 절 혼내기만 해요. —

여우 그렇다면 당신 지금 어디 있나요?

가쿠타로 제 집은 아무데도 없어요. 낮에는 숲 속이나 산 속에 숨어 있다가 밤이 되면 이 계곡에 나오죠. …… 로사 씨, 저는요, 당신이 매일 밤 여기 이 온천에 오신다는 걸 분명히 알고 있었어요. 또 항상 당신의 모습을 몰래 뒤에서 지켜보고 있었어요.

여우 어머, 당신 매일 밤 여기에 왔습니까? 어제 밤에도, 그저께 밤에도?

가쿠타로 네, 어제 밤에도 그저께 밤에도, 그 전날 밤에도 전 언제나 당신이 목욕하시는 걸 보고 있었어요. 제가 작은 목소리로 로사 씨 로사 씨라고 그렇게 불렀는데, 오늘까지 한 번도 대답을 해 주시지 않았죠.

여우 아, 그래요? 난 몰랐어요. 정말 미안해요. 가쿠타로 씨, 당신, 용서해 줄래요?

가쿠타로 저는 왜 로사 씨가 대답을 안 해 주시는지, 슬퍼서 견딜 수가 없었어요. 하지만 이제 그런 건 아무것도 아니에요. 오늘 밤은 기쁘네요, 이렇게 로사 씨와 둘이서 이야기할 수 있어서요. — 이러고 있으면 제가 고베에 있었을 때의 일이 생각나요. 저기요, 로사 씨, 기억하세요? 제가 당신 방에 자주 심부름 갔을 때 일을요?

여우 아, 기억해요. 내가 당신한테 초콜릿을 줬어요.

가쿠타로 로사 씨의 방에는 예쁜 물건이 많이 장식되어 있었죠. 그림이랑 사진 같은 여러 가지 구하기 힘든 것들이 …… 또 그 녹색 막이 걸쳐진 창문 쪽에 새장이 놓여 있었던가요. 새장 안에는 카나리아가 있었구요. ……

여우 아…… 당신, 정말 잘 기억하고 있군요.

가쿠타로 저는 그 카나리아가 부러웠어요. ……

여우 왜? 왜 그랬죠?

가쿠타로 그건, 그 카나리아는 아침이든 저녁이든 늘 로사 씨 곁에 있는걸요. 그리고 로사 씨의 부드러운 손에서 먹이를 받아먹을 수 있으니까요. ……

여우 당신, 그만큼 날 좋아했나요?

가쿠타로 네, 저는 로사 씨를 굉장히 좋아했어요. 당신 방에 심부름 가는 게 가장 큰 낙이었어요. 로사 씨는 자주 피아노를 치면서 노래를 부르고 계셨죠. 한번은 제가 방에 갔더니, 뚱뚱하고 수염이 난, 해군 병사 같은 옷을 입은 서양인이 옆에서 함께 노래를 부르고 있더군요. 로사 씨는 그때 절 혼내셨죠. "아무 말 없이 여기 들어오면 안 돼요"라고 무서운 눈으로 저를 노려보면서요. —

여우 내가 무서운 눈빛이었나요? 그런 일이 있었어요?

가쿠타로 네, 그러고 나서도 두 번 정도 있었어요. 그때는 해군 병사 같은 사람이 아니라, 켈리상회 주인과 둘이서 로사 씨가 술을 마시고 계셨지요. 그때도 저는 당신에게 꾸중을 들었습니다. "지금 손님이 계시잖아요. 볼일이 있으면 나중에 얘기해요"라고, 그렇게 말했고 — 저는 로사 씨에게 꾸중을 듣는 게 슬펐기에 지금도 그 일을 잊지 않고 있어요.

여우 아, 가쿠타로 씨, 용서해 주세요, 용서해 줘요. 나, 당신을 힘들게 해서 미안해요. — 하지만 나도 새장에 갇힌 카나리아와 같은 신세였어요. 나, 당신을 좋아했지만, 그 해군 병사나 미스터 켈리와 친하게 지내야만 했어요. 그렇지 않으면 나도 심술궂은 할머니에게 혼났어요.

나 스스로, 내 몸을 마음대로 자유롭게 움직일 수 없었어요. 저기, 당신 알고 있었죠?

가쿠타로 아, 그럼 로사 씨는 사실은 저를 좋아했던 건가요?

여우 네, 나, 당신을 제일 많이 좋아했어요. 난 사실 그 해군 병사도 미스터 켈리도 싫었어요. 그렇지만 어쩔 수 없어서 함께 노래를 부르고 술을 마셨어요.

가쿠타로 로사 씨, 제가 당신의 손수건을 가지고 있어요. (품에서 장밋빛 비단 손수건을 꺼낸다) 자, 이걸 보세요. 언젠가 당신이 이걸 너에게 줄게라고 말하며 제게 주셨던 그 손수건이란 말이에요.

여우 아 맞아, 맞아요. 나 당신한테 그 행커치프(handkerchief) 드렸어요. 당신 지금도 가지고 있군요.

가쿠타로 이 손수건 구석에 K라는 글자와 R이라는 글자가 쓰여 있네요.

여우 아 그래요. (손수건을 손으로 집어 본다) — 당신이거 알겠어요? 이 R이라는 글자, 바로 로사예요. 그리고 이 K는 가쿠타로 씨예요.

가쿠타로 하지만 가게 사람들에게 이걸 보여줬더니, K라는 글자는 켈리 씨를 가리키는 거라고 하던데요. ……

여우 아니에요, 틀렸어요. 당신이 맞아요. 내가 당신에게 이 글자를 수놓아 드렸어요. 난 당신을 좋아했으니까요. ……

가쿠타로 틀림없이 그럴 거라고, 제가 그렇게 말했지만, 그럴 리가 없다면서, 그러니 넌 미치광이라고 모두 절 바보취급 했죠. 저는 사람들한테 웃음거리가 되었고, 막 조롱당했거든요.

여우 어머, 사람들이 당신을 놀렸어요?

가쿠타로 네, 그랬었죠. 지금도 제가 여우에 홀렸다고,

다들 그렇게 말해요. — 마을 사람들은요, 로사 씨가 이 온천탕에 오는 걸 아무도 모르니까요. 밤늦게 이런 곳에 오는 사람은 없어, 있다면 그건 분명 인간이 아니야, 여우야, 여우라고 하죠.

여우 오호호호, (높은 어조로 날카롭게 웃는다) 저를 여우라고 하나요?

가쿠타로 네, 그래요. 로사 씨가 워낙 피부 빛깔이 하얘서, 그렇게 아름다운 사람이 있을 리 없어, 저건 여우야, 라고들 해요.

여우 오호호호, 이상하네요, 난 여우가 아니에요. 나는 로사예요. 그렇죠? 당신은 잘 알고 있잖아요?

가쿠타로 그럼요, 알고말고요. — 전 당신이 그 별장에 오셨을 때부터 분명히 몸이 안 좋아서 이 온천에 오셨을 거라 생각했습니다. — 저기, 로사 씨, 이제 다 나으셨나요?

여우 나, 이제 다 나았어요. 이 온천은 정말 좋은 온천이에요. 나쁜 병이 다 나아요. 봐요, (손목 주위를 걷어 올려 보인다) 내 팔, 이렇게 예뻐요. 그렇죠? 보다시피 이렇게 예쁜데.

가쿠타로 그런데 저기, 팔꿈치 부위에 종기가 나 있던데요. 정말 예쁜 루비 같은 아름다운 종기가 ……

여우 오호호호, 이거요? (팔꿈치까지 걷어 올려 보인다) 이건 종기가 아니에요. 이건 진짜 루비예요. 종기처럼 보이지만, 난 여기에 루비를 넣어서 모두를 속였죠. — 여기, 잘 만져 보세요. 여기요, 알아보겠어요?

가쿠타로 (만져 본다. 벨벳처럼 고운 털이 난 하얀 피부가 반짝반짝 빛나고, 거기에 진짜 루비가 부스럼 속의 고름처럼 박혀 있다) 아아, 루비다, 루비야, 진짜 루비다. 역시 종기가 아니었구나.

여우 오호호호.

가쿠타로 와, 이렇게 반짝반짝 멋있게 빛나다니! 로사 씨, 당신 피부에 만약 진짜 종기가 생겨도 분명 이 루비처럼 아름답겠지요?

여우 오호호호, 난 여기에도 루비를 끼워 뒀어요. 이거 봐요. (라고 말하며 이번에는 정강이를 내민다. 거기에도 하얀 벨벳 같은 털이 나 있고, 루비가 반짝인다)

가쿠타로 (그녀 앞에 무릎을 꿇고, 흰색 새틴 구두를 신은 발을 자신의 무릎 위에 얹은 다음 다시 루비를 만져 본다) 아, 진짜다. 이것도 루비구나. 어쩌면 이렇게 신발이 사랑스럽고 예쁠까.

여우 오호호호, 오호호호. (일어선다) 자, 가쿠타로 씨, 난 이제 돌아갈 거예요. 당신, 나와 함께 가지 않을래요? 당신이 있을 곳이 없다면 내가 당신을 데려가겠어요. 내가 태어난 아름다운 도시로 데려가겠어요. ―

가쿠타로 아아, 로사 씨가 태어난 도시는 분명 매우 아름답겠죠. 제발 저를 데리고 가 주세요. 로사 씨는 언제 그 도시로 돌아가시나요?

여우 오늘 밤, — 오늘 밤에 갈 거예요.

가쿠타로 오늘 밤? — 근데 로사 씨는 프랑스 분이잖아요.

여우 네, 맞아요. 내 고향은 프랑스예요. — 난 파리에서 태어났어요.

가쿠타로 파리에서요? — 하지만 파리에 가려면 기차를 타거나 배를 타고 며칠씩 여행을 해야 되잖아요?

여우 아뇨, 기차도 타지 않고, 배도 타지 않아요. 난 걸어서 파리에 갈 거예요. 난 길을 잘 알아요. 파리는 저쪽, (강 상류 쪽을 가리킨다) — 저쪽에 있어요. 이 강의 가운데를 계속 쭉 올라갈 거예요. 그러면 곧 파리에 도착해요. 가쿠타로 씨, 당신, 나와 함께 갈래요? (어깨에 손을 얹고 말한다) 자, 난 당신을 데려갈 거예요. 그리고 아끼며 돌봐 줄게요. 자, 같이 가지 않을래요?

가쿠타로 (고개를 끄덕이며 일어선다) 로사 씨, 저는 어디든 당신을 따라갈게요. 진짜 절 예뻐해 주셔야 돼요.

여우 아이, 착하다, 착하기도 해라. 당신은 정말 나이스 보이예요. 파리에 있는 우리 집에 가면 내가 좋은 옷을 입혀 줄게요. 맛있는 음식도 매일 많이 먹게 해 줄게요. 자, 가쿠타로 씨, 얼른 가야 해요.

상류 쪽 기슭에 우거져 있는 싸리 꽃이 바스락거리더니, 꽃 밑에 납작 엎드려 숨어 있던 두 마리의 새끼 여우가 나타난다. 하얀 새틴처럼 반짝반짝 빛나는 아름다운 털옷을 입고 있다. 그리고 불쑥 외나무다리 위로 뛰어 나가 어미 여우 쪽을 보며 굽실굽실 인사를 한다.

새끼 여우1 로사 씨, 로사 씨.

새끼 여우2 가쿠타로 씨, 가쿠타로 씨.

새끼 여우1, 2 당신들을 마중 나왔습니다.

여우 어머, (가쿠타로를 돌아보며) 이 사람들, 우리 집 하녀예요. 우리를 데리러 왔어요.

그렇게 말하고 잠깐 새끼 여우에게 눈짓한다.

새끼 여우1 가쿠타로 씨, 가쿠타로 씨, 배가 고파서 걸을 수 없으면 제가 업어 드리지요.

새끼 여우2 강에는 여기저기 돌이 널려 있어서 넘어지면 위험합니다. 둘이서 안고 가 드리지요.

새끼 여우들, 스르르 가쿠타로 곁에 다가가서 한 마리는 목을 잡고 한 마리는 다리를 들고, 몸을 높이 들어올리면서 어미 여우와 함께 다리 중앙으로 뛰어온다. 가쿠타로는 어느새 실신한 것처럼 늘어져 있다.

여우 성공이다. (여우의 모습을 하고) 캥, 캥, 캥.

새끼 여우1, 2 (가쿠타로를 위아래로 흔들면서) 캥, 캥, 캥.

뒤이어 모두 계천으로 뛰어 내려가서 어미 여우를 앞세우고 가쿠타로를 둘러멘 채로 바위 사이를 넘고 넘어 강 상류 쪽으로 사라진다. 조금 오랜 시간이 지남. 위쪽에서 등롱을 든 순경, 오사요, 오사요의 어머니, 이 세 사람이 내려온다. 조심스레 주위를 둘러보며 온천장 쪽으로 다가온다.

오사요 (다리 위에서 오두막 쪽을 보며) 가쿠타로, 가쿠타로도 참, — 대답 좀 해 줘!

어머니 뭐야, 벌써 없어졌네. 여우가 채 가 버렸어.

순경 (오두막을 들여다보고 주변을 한 바퀴 둘러보면서) 어디로 갔는지, 이젠 이 근처에 없는 모양이군.

오사요 (강 상류 쪽을 향해) 가쿠타로, 가쿠타로야! 어디로 간 거야!

순경 (오사요에게) 너, 분명히 여기서 여우를 봤다고 했지?

오사요 네, 제가 분명히 봤단 말이에요. 거기, 그 오두막 창문 쪽에서 가쿠타로와 내가 안을 들여다봤더니, 새하얀 큰 여우가 온천물에 몸을 담그고 있었어요.

순경 음. (생각한다)

어머니 그러니까 엄마가 말했잖니? 이런 곳에 있으면 안 된다고, 엄마가 그만큼 말했는데.

오사요 (다시 강 상류 쪽을 향해) 가쿠타로, — 가쿠타로야. —

어머니 그렇게 불러봤자 이제 그 녀석은 돌아오지 않아. 자, 오사요. 이제 돌아가자. (순경에게) 나리, 이런 늦은 밤에 정말 죄송해요.

순경 어때요? 좀 더 강 상류 쪽을 찾아볼까요?

어머니 아니, 이제 그럴 것까진 없습니다. 그 녀석을 전 진작에 포기했어요.

왼쪽에서 백인 여자, 경쾌한 산책 차림으로 신사와 팔짱을 끼고 산길을 내려온다. 하녀인 노파가 뒤따라온다. 오사요와 사람들이 어슬렁거리는 모습을 보면서 지나치려 한다.

순경 (잠시 망설이다가 노파에게 말을 건다) 저기요, 여보시오.

백인 일행, 다리 위에서 멈춰 선다.

순경 아, 실례지만, 당신네는 이렇게 늦게 어딜 다녀오시는지요?

노파 (언짢은 표정으로) 저는 말이에요, 우리 아씨가 이 나리와 (신사를 가리킨다) 저녁 산책 나간 뒤로 귀가가 너무 늦어서 마중 나왔어요.

두 백인, 성가시게 별걸 다 묻는 녀석이라는 표정으로 듣고 있다.

순경 허어, 그렇군요. — 근데 어디 근방을 산책하고 계셨나요?

노파 달이 너무 좋아서 이 산 위에 있는 호수 주변을 걷고 있었다고 하시는데요, 도대체 왜 그런 걸 물어봐요?

오사요 (바위 위에 떨어져 있던 비단 손수건을 발견하고, 그걸 집어 들고 순경 쪽으로 가져오면서) 아, 여기 가쿠타로의 손수건이 떨어져 있었어요. 가쿠타로가 말예요, 고베에 있을 때 로사 씨에게 이 손수건을 받았다면서 항상 몸에 지니고 있었거든요.

백인 여성 (로사라는 이름을 듣자마자 문득 생각이 나서, 성큼성큼 곁으로 다가와 순경이 손에 들고 있는 손수건을 본다) 오, 이거, 이거 내 거예요, 나 고베에서 이 행커치프 도둑맞았습니다. (강한 어조로) 누가 이걸 들고 있었어요?

노파 어, 로사 양, 정말 이 손수건이에요. 이걸 보세요. 여기 R과 K라는 글자가 정확하게 쓰여 있잖아요. 켈리 씨, 기념 손수건이 나왔습니다.

백인 신사 오 그래요, 나 굉장히 기쁩니다. (마찬가지로 옆으로 다가와서) 오오, 이게 맞습니다. 이거 왜 여기 있었습니까? 나, 놀랐습니다.

노파 (짐작이 간다는 표정) 아아, 분명 그 녀석이 훔쳤을 거야. 그놈 짓이야. …… 아유, 정말로 어쩐지 기분이 나쁘고, 이루 다 말할 수 없을 정도로 싫은 느낌이 드는 녀석이었지. (순경을 보고) 당신네들은 저기, 요즘 이 근처를 서성거리는 약간 모자란 애가 있다는 걸 모르시나요? 원래 고베의 양복점에서 일했었는데, —

순경 네, 알고 있습니다. 걔는 여우에 홀려서 말이죠, 매일 밤 이 오두막 근처를 배회하고 있었습니다.

노파 아아, 바로 그 녀석이에요. 매일 밤마다 우리 아씨가 여기 목욕하러 오는 걸 알고 있었어요. 어젯밤에도 이 근처를 서성거리다 뒤쫓아 왔다면서, 우리 아씨가 정말 기분 나빠 했었죠.

순경 그럼 오늘 밤에도 이 온천탕에 들어가신 건가요?

노파 아니요, 어젯밤에 완전히 질려버려서 오늘 밤에는 안 가셨어요. 게다가 이제 병환도 많이 나아졌기 때문에 내일은 고베에 돌아간다고 해서, 이쪽 나리께서 마중 겸해서 놀러 오신 거예요.

순경 아, 그렇군요. 그걸로 잘 알겠습니다. 그럼 이 손수건은 그쪽 분께 돌려 드리겠습니다.

백인 여성 (거만하게 아무 말 없이 받아 들고, 신사를 바라보며) 레츠 고. — (순경에게) 안녕히 계세요.

순경 안녕히 가십시오. 실례했습니다.

백인 여자, 다시 신사와 팔짱을 끼면서 노파를 데리고 위쪽 산길로 사라진다. 세 사람, 멍하니 뒷모습을 지켜본다. 짧은 시간이 지남. 이윽고 멀리 강 상류 쪽에 불빛 한 점이 보이고, 희미하게 외치는 사람 소리가 들린다.

사람들 소리 이봐, 모두 이리 와! 가쿠타로가 죽었어.

오사요 뭐! 가쿠타로가 죽었다고?

말하면서 정신없이 강물 속으로 뛰어내려 강 상류 쪽으로 뛰어간다. 순경과 어머니가 뒤를 따른다.

사람들 소리 (불빛과 함께 약간 가까워지면서 또렷하게 들린다) 어이! 빨리 와! 가쿠타로가 죽었어! 치고가후치에 시체가 떠 있어!

세 사람의 모습이 강 상류 쪽으로 점점 사라져 간다.

(1923)

만돌린을 켜는 남자

만돌린을 켜는 남자(マンドリンを弾く男)

등장인물

만돌린을 켜는 남자	맹인
우키코	맹인의 아내
그림자 사나이	

제1장

흙과 회반죽을 바른 창고 같은 느낌을 주는, 오른쪽에 하나 정면에 두 개의 창문을 낸 두꺼운 흰색 벽의 서양식 실내. 창문에는 전부 초록색 커튼이 드리워져 있다. 왼쪽은 출입문. 오른쪽 창가에 책상과 의자. 정면의 창문과 창문 사이에 작은 나무 상자. 그 위에 탁상시계. 중앙에 안락의자. 왼쪽 방향으로 작은 탁자와 소파. 가구들은 모두 낡고 검소한 것. 어느 고요한 만돌린 소야곡이 들리면서 막이 오른다. 가을밤의 정경. 작은 탁자 위에 초록색 갓이 달린 스탠드가 켜져 있다. 그 오른편으로, 안락의자 모퉁이에 걸터앉은 맹인이 왼편 안쪽에 있는 아내를 향해 방금 들은 그 만돌린을 계속 연주한다. 아내는 소파에 기대어 마치 그 곡을 경청하고 있는 것 같은 자세를 취하면서, 분홍색 표지의 책을 읽고 있다. 맹인의 복장은 검은색 바지에 쥐색 털스웨터, 아내는 솜을 넣어 만든 수수한 하오리[1]. 그녀

1 일본 옷 위에 걸쳐 입는 짧은 겉옷.

옆에 쿠션 두 개와 하얀 담요가 놓여 있고, 담요의 한쪽 끝이 소파에서 바닥으로 흘러내린다.
짧은 시간이 지남.

맹인 (곡 연주를 끝낸다) 오늘 밤은 평소보다 좋은 소리가 나는군. 내 기분 탓일지도 모르지만. ……

아내, 잠자코 책을 읽고 있다. 그리고 소리가 나지 않게 살며시 페이지를 넘긴다.

맹인 …… 저기, 난 그렇게 생각해. 오늘 밤은 달빛이 좋을 텐데, 이런 밤에는 누군가가 밖에서 이 만돌린을 듣고 있을 거야. 분명 누군가가 호수 위에 배를 띄워서 이 방 창문을 올려다보고 있을 거야.……

아내 ……

맹인 어, 우키코, 당신은 그런 생각이 안 들어? 이

만돌린 소리가 호수 쪽까지 들릴 것 같은데 ……

아내 (잠깐 책에서 눈을 떼고) 들릴 리가 없어요.

맹인 당신, 정말 그렇게 생각해?

아내 왜냐면, 여보. —

맹인 아냐, 들려. — 당신도 아마 들릴 거라고 생각하잖아?

아내 이제 그런 말 하지 마세요. 제발요. — 봐요, 창문이 완전히 닫혀 있으니까 괜찮아요. 그러니 안심하고 다시 한 번 들려줘요.

맹인 당신, 꼼짝 않고 듣고 있는 거지? 딴 생각 하지 마.

아내 듣고 말고요. 다른 생각 같은 거 안 해요.

맹인 내가 처음 당신에게 이 곡을 들려줬을 때 —

그 시절을 생각해야 돼, 그저 그것만 말이야.

아내 네, 그것만 생각할게요.

맹인, 다시 곡을 연주한다. 아내는 남몰래 계속 책을 읽는다. 약간 긴 시간이 지남.

맹인 (도중에 연주를 뚝 멈춘다) 이봐, —

아내 왜요?

맹인 당신, 듣고 있어?

아내 듣고 있어요.

맹인, 악기를 내려놓고 일어나서 손으로 더듬거리며 아내 곁으로 간다. 그러는 동안 아내는 책을 덮고 담요 밑으로 감춘다. 맹인은 아내의 몸을 만져 보고 손을 뻗어 소파 위를 살피더니 마침내 책을 찾아낸다.

맹인 (책을 손 안에 만지작거리면서) 이 책은 뭐지?

아내 그거요?

맹인 어, 이 책 말이야?

아내 그건 털실 뜨개질 교본이에요.

맹인 그런 셈치고는 사치스러운 책이군. 꽤 좋은 종이로 만들어졌는데. ……

아내 ……

맹인 우키코, 내가 맹인이 된지 벌써 3년이나 됐어. 이렇게 손으로 만져보면 웬만한 건 알 수 있지. 이 책의 표지는 분홍색이군.……

아내 분홍색이면 이상한가요?

맹인 이건 시집이야. 당신은 지금 나 몰래 이 책을 읽고 있었던 거군.

아내 아뇨, 아니에요. 그걸 읽은 건 조금 전이었어요.

맹인 이 책은 내가 받아 두지.

그러면서 책장 앞으로 가서, 바지 주머니에서 열쇠를 꺼내어 서랍을 열고 책을 집어넣고는 다시 열쇠를 잠근다. 이윽고 전등 앞으로 와서 잠시 멈추는데, 스탠드의 위치와 아내의 거리를 재는 것 같다.

맹인 우키코, 당신 그림자가 그 커튼에 비치지는 않겠지?

아내 창가 쪽은 스탠드 갓 그늘 때문에 어두워진 거예요.

맹인 어둡다고 해도 어렴풋이 그림자가 비치지 않아?

아내 (창문을 뒤돌아보며) 아뇨, 전혀요.

맹인 커튼은 한 치의 빈틈도 없이 모두 드리워져 있겠지? 구겨지거나 꼬여 있진 않겠지?

아내 (원망스러운 듯이 맹인을 본다) ……

맹인 어, 이봐, 왜 잠자코 있어?

아내 당신은 그만큼 절 믿지 않는 거죠?

맹인 당신을 안 믿겠다는 게 아니야. 난 밖에 있는 놈을 두려워하고 있어. 창문으로 몰래 이 방을 들여다보는 남자가 있으니까. ……

아내 하지만 이 방은 호수 가장자리에 있어요. 그것도 가파른 벼랑 위에.

맹인 그래도 그 남자는 호수 가장자리까지 배를 타고 올 거야. 그러고 나서 이 벼랑을 기어오르겠지. ……

아내 아니, 어떻게 기어오를 수 있겠어요? 이런 성의 망루처럼 높은 곳에 말이에요.

맹인 난 그 남자를 대비하기 위해 이 창문 바깥에

방범창을 끼웠지만, 그건 좋지 않은 생각이었어. 이 창살에서 밧줄을 늘어뜨리면 그걸 타고 올라올 수 있잖아. 난 매일 자주 그런 꿈을 꿔.

아내 그럼 여보, 밧줄이 묶여 있는지 창살을 살펴보시면 되잖아요?

맹인 당신은 내가 이 창문을 열 용기가 없다고 업신여기는군. 그래서 그런 말을 하는 거야.

아내 창밖까지 올라와 봤자 아무 소용이 없을 텐데요. 저렇게 단단한 감옥 같은 창살이 있으니까요.

맹인 난 어떻게 할지 잘 알고 있어. 그래서 커튼으로 그림자가 비치지 않도록 조심하는 거야. 난 가끔 꿈속에서 총소리를 들을 때가 있어.

아내 그래요. 그건 모두 꿈이에요.

맹인 하지만 꿈속과 다른 소리를 들을 때도 있어.

거기, 그 벽 쪽이야. (정면의 창문과 창문 사이를 가리킨다) 매일 밤마다 그 으드득으드득 거리는 소리가 나는데 말이야. —

아내 그건 쥐 소리라니까요. —

맹인 난 그 소리를 벌써 일 년째 듣고 있어. 밤이 이슥해진 후에, 설령 하룻밤이라도 그 소리가 들리지 않는 날이 없다고. 바깥에서 이 두꺼운 벽을 집요하게 자르는 것 같은 소리 말이야. ……

아내 근데, 이 벽이 끊어질까요? 이, 흙벽 창고처럼 두꺼운 벽이……

맹인 매일 밤 매일 밤, 1년에 걸려서 조금씩 자르면 끊어질지도 몰라. 그건 쥐 소리가 아니야. 뭔가 칼 같은 걸로 벽을 깎고 있는 소리야.

아내 그건 당신의 망상이에요.

맹인 당신은 그게 내 망상이 아니길 바라지 않는다는 건가?

아내 아아, 여보 또 그런 말을. ……

아내, 소파의 팔걸이에 양손을 겹치고 그 위에 엎드린다. 맹인은 안락의자에 걸터앉는다.

맹인 내가 이런 생각을 하는 걸 당신은 근거 없는 망상이라고 말하는 건가? 맹인의 비뚤어진 생각이란 말이야?

아내 네, 그래요. 바로 그거예요.

맹인 당신은 저 남자가 집념이 강하다는 걸 모르겠어?

아내 당신은 자신의 그림자를 두려워하고 있어요.

맹인 내 이 눈이 멀게 된 건 그 남자 짓이야. 난 겨우 요즘에서야 그 사실을 알았어. 그 남자는 첫 번째 복수를 했지. 그리고 이제 두 번째 복수를 시작했어. ……

아내 거짓말이에요, 거짓말이라고요. 모두 당신이 지어낸 거예요. ……

아내, 엎드린 채 몰래 울고 있는 것처럼 보인다. 시간적인 간격.

맹인 여보…… 이제 몇 시지? 시계를 봐.

아내 네.

울고 있었던 것을 모르게 하려는 듯 또렷이 대답한다. 그리고 나른한 듯 몸을 일으켜 책장 위의 탁상시계를 본다.

아내 12시 25분 전.

맹인 그럼, 이제 자야지, 평소보다 5분 늦었군. ……

아내, 한숨을 쉬며 소파의 등받이에 축 늘어진다. 맹인은 책장 앞으로 가서 열쇠로 상자의 문짝을 열고 안에서 하얀 가루약이 들어가 있는 병을 꺼낸다. 그러고 나서 책상 쪽으로 가서 그 위에 있는 서양종이 조각을 집어 들고 작은 탁자 쪽으로 돌아온다. 그러는 동안 아내는 맹인을 쳐다보지 않고 마치 형벌을 기다리는 사람처럼 고개를 숙이고 있다. 맹인의 동작은 꼼꼼하고 조심스러워서 꽤 많은 시간이 소요된다.

맹인, 종잇조각을 작은 탁자 위에 펼치고 병마개를 뽑아서 가루약을 약간 종이 안으로 뿌린다. 그때 아내가 고개를 든다.

아내 여보, 이제 그 정도로 충분해요.

맹인 아니, 조금 더, …… 조금 더 마셔. …… (말하면서 분량을 늘린다)

아내 그렇게 마시지 않아도 잘 수 있어요.

맹인 아니, 아직 겨우 2그램이야. 약이라는 건 점점 효과가 없어지는 거야, 조금씩 분량을 늘려야 해.

아내 하지만 너무 많은 수면제를 먹어서 그런지, 매일매일 몸이 나른해져서 견딜 수 없는걸요. — 분명 중독됐을 거예요.

맹인 이 약은 괜찮아. 중독을 일으켜도 죽지는 않는다고. 난 아직 당신을 죽게 하지 않을 테니까.

아내 언제쯤 죽을 수 있을까요?

맹인 5년이나 10년 뒤, 어쩌면 20년이나 더 미래의 일일지도. 내 목숨이 붙어 있는 동안은 언제까지든 당신을 살려 둘 거야.

맹인, 약을 종잇조각에 가득 담아 병을 들고 책장 앞에 가서 선반에 넣고 자물쇠를 채운다. 그러고 나서 아래쪽의 문간으로 가 열쇠로 문을 열고, 밖에서 다시 자물쇠를 채우고 나간다. 짧은 시간이 지남. 아내는 가만히 움직이지 않고 있다.

맹인, 물이 담긴 컵을 들고 돌아온다. 문을 걸어 잠그고 아내 곁으로 다가가 컵을 탁자 위에 놓은 다음, 손바닥 위에 종잇조각을 올려놓고 다시 약의 분량을 잰 다음 냄새를 맡아본다.

맹인 자, 일어나.

아내, 일어나 맹인과 마주 보고 입을 연다. 맹인, 한 손으로 아내의 턱을 잡고, 한 손에 종잇조각을 들어서 약을 그녀의 입에 넣는다. 아내, 괴로운 듯 얼굴을 찡그린다. 맹인, 여러 번 종이를 흔들어 약을 넣은 다음, 컵의 물을 한 방울도 남기지 않고 마시게 한다.

맹인 이제 됐어, 누워. — 편히 푹 잘 수 있어.

아내 아아, 차라리 언제까지고 깨어나지 말았으면. ……

맹인 내일 아침 8시까지는 말이야.

아내, 두 손으로 얼굴을 감싸면서 비틀비틀 소파에 앉아, 위쪽으로 머리를 두고 위를 향해 반듯이 눕는다. 맹인, 쿠션을 포개어 그녀의 머리를 그 위에 올려주고, 담요를 집어서 옷깃 부분까지 푹 덮어준다. 아내는 조용히 눈을 감는다.

맹인 푹 쉬어. 지금 그 곡을 쳐 줄게.

담요 위로 아내의 몸을 가볍게 어루만져 본 다음, 안락의자로 돌아와 만돌린을 집는다.

맹인 자, 이걸 들어. 꿈속에서 이걸 들어. — 다른 걸 보거나 들으면 안 돼.

말하면서 탄주하기 시작한다. 그리고 가끔 손을 멈추고 아내의 숨소리에 귀를 기울인다. 다소 오랜 시간이 지남.
맹인, 만돌린을 살짝 놓고 살금살금 소파로 다가가 다시 숨소리를 살핀다. 처음에는 조심조심, 다음은 약간 거칠게 아내의 몸을 흔들어 본다. 아내는 꼼짝도 하지 않는다. 맹인, 무릎을 꿇고 두 손으로 그녀의 얼굴을 감싸서 자신의 볼에 대고 비빈다.

맹인 우키코, 용서해 줘. 난 당신을 괴롭히고 싶지 않아. …… 난 당신이 그 남자에게 도망갈까 봐 두려워. ……

다시 볼을 비비고 좀 더 편안하도록 쿠션을 머리 밑에 대 준 다음, 이번에는 아래쪽으로 가서 그녀의 다리를 껴안아 담요 아래쪽을 살짝 걷어 올리고, 양쪽 발의 버선을 벗겨 발등에 볼을 비비고 나서 잠시 일어선다.

맹인 아, 잘 자고 있군. — 당신 진짜 자고 있는 거지?

벗긴 버선을 집어 들고, 한쪽 버선을 다른 버선 안으로 밀어 넣은 뒤, 그것을 바지 주머니에 넣고 원래대로 담요를 덮는다.

맹인 기다리고 있어. 당신이 잠들면 나도 이제 잘 거야. 지금 당장 저쪽으로 옮겨 줄게.

안락의자가 있는 곳으로 돌아와서 만돌린 줄을 풀고, 열쇠로 아래쪽 문을 활짝 열어 둔 채 나간다.
오랜 시간이 지남. 정면의 벽과 벽 사이로 으드득으드득거리는 소리가 들리기 시작한다. 일단 끊겼다가 다시 들린다. 그리고 점차 또렷하게 울린다. 아내의 자는 모습은 죽은 듯이 조용하다.
벽에서 나는 소리가 끊겼을 때 맹인이 잠옷을 입고 들어온다. 잠옷은 흰색 파자마이다. 역시 문을 열어젖힌 채 아내 곁으로 가서 담요를 벗기고 그녀를 안아 올리려 한다. 그 순간 벽이 울리기 시작한다. 맹인, 다시 그녀의 머리를 살며시 베개에 얹고 벽 쪽으로 살금살금 다가가 귀를 기울인다. 소리가 점점 높아진다. 맹인, 작은 탁자 쪽으로 뒷걸음치다 갑자기 전등을 끈다. 달빛이 창문을 통해 선명하게 비쳐 들어와 커튼에 쇠창살의 그림자를 또렷이 새긴다. 동시에 그림자 하나가 정면을 향해 오른쪽 창 너머로 비추어져 보인다. 그림자는 마치 도롱뇽처럼 창살에 찰싹 붙어 있다. 맹인은 더욱더 열중해서 소리를 듣는다. 소리의 성질이 점점 바뀌어서 우지직 하고 삐걱거리는 듯한 울림을 낸다. 그러자 오른쪽 창문에 접해 있는 벽의 일부가 자잘한 토사가 되어 후드득 떨어진다.

맹인 아아! 그 남자다!

날카롭게 고함을 지르며 쓰러지듯이 소파 앞으로 와서, 도움을 청하려는 듯이 잠자는 아내에게 매달려 몸을 심하게 흔든다.

맹인 우키코! 우키코! …… 아아! 드디어 그 남자가. ……

토사가 무너짐과 동시에 그 창문틀 전체가 움직이기 시작하면서, 점차 벽면으로 밀려나와 쇠창살이 부착된 채로 마침내 실내로 푹 하고 빠진다. 창살에는 밧줄이 매여 있고 그 줄은 밖으로 연결되어 있다.
창문이 빠져 버린 네모난 구멍으로 그림자 사나이가 가볍게 소리도 없이 들어온다. 맹인,

소파에서 홱 비켜서서 안락의자 뒤쪽에 몸을 굽힌다. 그림자 사나이, 나는 새처럼 맹인에게 달려들어 갑자기 목을 세게 조른다.

맹인 우키코! 우키코! 도와줘! ……

그림자 사나이, 맹인을 뒤로 밀치면서 떨어진 창틀 위로 밀어 넘어뜨린 뒤, 말을 탄 것처럼 깔고 걸터앉아 주머니에서 끈을 꺼내 맹인의 목을 조른다. 맹인은 간신히 저항만 하다 숨이 끊어진다. 구멍을 통해 비쳐 들어온 달빛이 그 시체 주위로 푸르스름하게 원을 그린다.

제2장

호수 기슭. 위쪽 절벽 위에 흰색 벽의 양옥. 창문 하나가 깨져 있는데, 거기에 밧줄이 절벽 아래까지 늘어져 있고 창문 안쪽은 깜깜하다. 아름다운 달밤.
그림자 사나이는 호수 위의 작은 배 안에 앉

아 있고, 우키코는 그의 무릎에 기대어 자고 있다.

그림자 사나이 우키코, 이제 됐어, 완전히 끝났어.

우키코, 눈을 크게 뜬다.

우키코 어머, 당신, 원수를 갚아 주셨군요.

그림자 사나이 해치웠어, 밉살스런 우리 두 사람의 적을. —

우키코 저를 감옥에서 구해 주셨네요.

그림자 사나이 난 그 감옥에 들어가기 위해, 당신을 구출하기 위해 일 년 전부터 그 벽을 잘라 냈어.

우키코 저는 당신을 기다리고 있었어요. 오랫동안 …… 체념하면서 기다렸어요. 아아, 이제 소원이 이루어졌군요. 언제 죽든 여한이 없어요.

두 사람, 포옹한다.
절벽 위의 창문 안에서 만돌린 소리가 들려온

다. 맹인이 연주했던 그 곡이다. 두 사람, 두려움에 소름이 끼친다.

우키코 아니, 아직 그 사람이 살아 있다니 — 아직도.

그림자 사나이 (창문 쪽을 올려다보며) 흥, 그게 네놈의 복수란 말이지? 하지만 우린 두려워하지 않아. 난 이 여자를, 내 소중한 아내를 이제 그런 소리가 들리지 않는 곳으로 데리고 갈 거야.

우키코 자, 빨리 데려가 주세요! 우리들이 살아 있는 동안은 항상 저 소리가 들릴 거예요! 어서 함께 가요!

그림자 사나이, 배 밑바닥의 마개를 뽑고 중앙에 앉아 그녀의 손을 잡는다.

그림자 사나이 우키코!

우키코 여보!

그림자 사나이 날 꽉 끌어안고 있어. 이제 우린 헤어지지 않을 거야.

우키코 아, 당신과 함께 같이 죽을 수 있다니. —

배, 차츰 물결 사이로 가라앉는다. 완전히 가라앉을 때까지 만돌린 소리가 계속된다. 그러다 뚝 그친다.

(1925)

돈을 빌리러 온 남자

돈을 빌리러 온 남자(お金を借りに来た男)

등장인물	도요타
	도요타의 아내
	하세가와
	우사미

정경 — 밝은 분위기의 일본식 방. 여행에서 막 돌아온 듯 크고 작은 가방이 서너 개 놓여 있다. 도요타가 여러 기념품을 꺼내서 정리하고 있다. 아내가 옆에서 거든다.

도요타 어, 이거 아닌가? 이봐, 그쪽 가방 좀 봐 줄래?

아내 어떤 거? 이거요?

도요타 아, 그거, 그 아래쪽에 들어 있지 않나? …… (아내는 다른 가방을 찾는다. 도요타는 여전히 앞의 가방을 뒤지면서) 아무래도 이상하네. …… 분명히 여기 넣었을 텐데 ……

아내 이 가방엔 그런 물건이 없어요. 어떤 상자인 거예요?

도요타 작고 납작한 벨벳 상자야. 잠깐만, 그 검은 가방이었던가? 그것 좀 봐 줄래?

아내 당신, 그런 작은 물건을 그냥 넣어 두니까 안 되는 거예요. 잃어버린 거 아니에요?

도요타 그건 아냐. 잃어버렸을 리가 없어. 근데 이상해. 그때 스위스에서 산 물건들은 대부분 여기 있는데 말이야. …… 이봐, 알프스 그림엽서가 나왔고, 융프라우 사진첩도 있고, ……

아내 그럼 역시 그 가방이에요. 좀 더 잘 살펴볼래요? 싫어요, 잃어버리면. ……

도요타 아, 있다, 있어, 역시 여기였어. 이거 봐, 이거야. (여자용 손목시계 상자를 끄집어낸다) 제네바 본고장에서 사 온 거야.

아내 (손에 채워 본다) 나르덴(ULYSSE NARDIN)[1]이네?

도요타 당신 아까 찬 건 뭐였지?

아내 저건 엘진(Elgin)[2]이에요.

---

1 율리스 나르덴. 스위스의 유명 시계 브랜드.

2 스위스의 시계 브랜드.

도요타	이건 저것보다 훨씬 좋아. 당신, 그 태엽을 감아 봐, 그 다음에 귀를 바싹 대고 초침 소리를 들어 봐.
아내	(시키는 대로 한다) 와, 좋은 소리가 나네! 찡, 찡 정말 아름다운 소리네요.
도요타	그래, 멋진 소리가 나지. 그만큼 기계가 정교한 거야.
아내	정말이네, 아까 쓰던 시계는 이렇게 좋은 소리가 나진 않았어요.
도요타	저건 얼마 주고 샀더라?
아내	(시계를 팔에 감아 보면서) 저건 분명히 150 몇 엔이었나? ……
도요타	이거 여보, 일본에 가져오면 4,500엔은 할 거야. 아직 이것 말고 또 남성용하고 여성용을 서너 개 사 왔는데, 당신한텐 그게 제일 좋

아. 어디, 제대로 바로 해 봐. (시계를 받아서 다른 선반에 있는 탁상시계를 보면서 시간을 맞추어 아내의 팔에 채워 준다) 손을 저쪽으로 돌려 봐. 응, 사이즈도 그 정도가 딱 좋네.

아내 너무 큰 거 아닌가요?

도요타 바보 같은 소리 하면 안 돼. 서양에서는 일본 여자들이 쓰는 어린애 눈속임 장난감 같은 건 차지 않아. 아무리 기계가 좋아도 너무 작으면 결국 고장 나기 마련이라잖아. 저런 건 실제로 사용하지 않는다더군.

아내 모양은 아주 좋은데요, 깔끔하고. —

그러는 사이에 현관 벨이 길게 울린다.

도요타 이봐, 누구 없나? 현관 쪽인데?

아내 아, 맞다, 오기쿠를 심부름 보내 버렸는데. — 제가 좀 나가 볼게요. 누구실까?

도요타 오늘은 일요일이라서 누군가 오지 않을까 생각하고 있었어.

아내, 무대 좌측으로 퇴장. 곧 돌아온다.

도요타 누구야?

아내 내가 싫어하는 사람.

도요타 누구?

아내 하세가와 씨요. 만나실래요? (매서운 눈초리를 한다)

도요타 그렇다고 만나지 않을 수도 없잖아. 무슨 용건이래?

아내 일요일이고 날씨가 좋아서 산책 겸 우리 집 앞을 지나가다, 해외 출장 다녀온 이야기라도 듣고 싶어서 잠깐 들렀다고 하시네요.

도요타 어쩔 수 없지. 그럼 잠시 들여보내 줘.

아내	만나면 또 분명히 돈 이야기일 거예요.
도요타	설마 오늘은 괜찮겠지. 요전에 돈을 줄 때 염치없이 돈을 빌리러 올 거면 이제 오지 말라고 잘 말해 뒀으니까.
아내	그걸 믿을 수 있나요? 지금까지 몇 번이나 그런 일이 있었는지 모르는걸요.
도요타	뭐, 그 녀석은 해외에 몹시 나가고 싶어 하니까 그쪽 이야기를 듣고 싶은 거겠지.
아내	그런 식으로 말씀하시는 게 하세가와 씨의 방식이에요. 그분은 항상 처음부터 그런 얘기를 하시지는 않아요. 아무 생각 없이 놀러 온 것처럼 이쪽을 방심하게 해 놓고, 틈을 타서 말을 꺼낸다니까요. …… 그래서 난 싫어요. 돈은 둘째 치고 그런 음흉한 방법을 쓰니까요.
도요타	아니, 저래 보여도 그 사내도 마음이 약해. 그래서 오히려 음흉해 보일 거야.

아내 하지만 한 번도 돈을 갚은 적이 없으면서, 뭐 부끄럽지도 않은 모양이에요. 그분이 집 안에 들어와서 돈 얘기가 안 나온 적이 한 번도 없었어요. 설마 또다시 그럴 리가 없겠지 하면서도 항상 꼭 그러는데, 신기할 정도야. 전 당신 친구 중에 그런 사람이 있다는 생각을 하면 한심해진다고요.

도요타 그렇게 말하지 마. 그런 말을 들으니 기분 나쁘군.

아내 전 아무래도 상관없지만, 하세가와 씨가 오시면 나중에 하루 종일 당신이 기분이 언짢아서 또 그 남자한테 속은 것 같은 기분이 든다고 하니까, 그걸 듣고 있기가 힘든 거예요. — 그럼 지금 집 안으로 들어오게 할 테니까, 오늘은 정말 무슨 말을 들어도 거절하고 끝내 버려야 해요. 당신이야말로 기가 약해서 자꾸 그쪽이 기회를 노리는 거라고요.

도요타 오늘은 절대로 기회를 노리지 못하게 할게.

너무 기다리게 하는 것도 이상하니까, 여하튼 집에 들이는 게 좋겠어.

아내 그럼, 2층에서 만나실래요?

도요타 2층도 짐으로 가득하지 않나? 여기도 괜찮아.

아내 당신, 식사는 어떻게 해요?

도요타 글쎄, 어떻게 할까? 이제 곧 점심시간인데, 하세가와와 함께 뭘 좀 먹을까? 이 사람 아마 밥 때를 노리고 왔을 거야.

아내 그분에게 밥 차려드리는 건 딱 질색이에요. 그럴 거면 집 밖에서 식사하고 와요.

도요타 하하하, 당신도 꽤 심술궂군.

아내 준비는 다 되어 있으니까, 잠시만 기다려 달라고 하고 먼저 식사를 끝내면 어떨까요? 그렇게 해요, 여보. 점심식사 때가 되어도 모른 체하고 있자고요.

도요타 그럼 그럴까.

도요타, 무대 우측으로 퇴장.

아내, 주위를 조금 치우고 무대 좌측으로 퇴장. 곧바로 하세가와를 데리고 온다. 서른 대여섯의 교활한 눈매를 한 마른 남자, 일본옷을 입은 평상복 차림. 아내 앞에서는 어색해서 몸이 굳어 뻣뻣해져 있다.

아내 저어, 지금 잠깐 식사를 하고 있으니 잠시만 기다려 주세요……

하세가와 네, 천천히 드시죠. ……

아내, 방석을 권한다.

하세가와 고맙습니다.

하며 굽실굽실 인사를 한다.

아내, 무대 우측으로 퇴장. 하세가와, 아내를 배웅하고 점점 더 몸이 굳어져서 아래쪽에 정좌한다.
아내, 홍차를 가져온다. 찻잔을 하세가와 앞에 놓는다. 하세가와, 다시 정중하게 머리를 숙인다.

하세가와 저기, 도요타가 집에 도착한 게 며칠입니까?

아내 (시치미 떼고 고개를 옆으로 돌린 채) 한, 2, 3일 전이에요. ……

하세가와 아아, 그렇군요. 그럼, 아직 관청에 출근하지 않았나요?

아내 아, 네, 아직 당분간은. ……

하세가와 귀국하자마자 짐 정리나 이런저런 일로 바쁘시겠군요.

아내 전 잠시 실례하겠습니다.

하세가와 아, 네, 제 걱정은 마시고 일 보십시오.

아내, 하세가와를 거들떠보지도 않고 새침하게 우측으로 퇴장.
꽤 시간이 지남. 하세가와, 처음에는 공손히 차를 마시지만, 점점 지루해져서 방 안을 유심히 둘러보다 마침내 일어나서 그 근방에 놓아 둔 값진 물건을 하나하나 값을 매기는 듯이 바라보면서 살며시 손으로 집어 보기도 한다. 그때 무대 우측에서 도요타 등장.

도요타 아, 미안, 늦잠을 자서 지금 아침밥을 먹느라.

하세가와 (이왕 들켰으니 어쩔 수 없다는 듯이 배짱을 부리며 아직도 물건을 만지작거리고 있다) 이봐, 자네, 이건 대체 뭔가?

도요타 아, 그거? 그건 그리스에서 만든 병(甁)이야.

하고 위쪽에 앉는다.

하세가와 흐음, 그럼 오래된 거로군. 자넨 그리스에 갔었나?

도요타 아니, 그건 런던의 골동품 가게에서 산 거야.

하세가와 난 아무래도 이런 취미가 없어서 모르겠는데, 싼 물건은 아닐 테지.

도요타 뭘, 그렇지도 않아.

하세가와 근데, 얼마쯤 하나?

도요타 글쎄, 얼마였더라, 정확한 가격은 잊어버려서 모르겠는데.

하세가와 이건 뭔가? 이 대리석으로 만든 여자머리 말이야.

도요타 그건 이탈리아에서 산 거야. 그래 보여도 로마시대 걸세.

하세가와 여러 가지 사들여 왔군. 나 같으면 그런 돈이 있으면 전부 여자한테 써 버리고 왔을 텐데.

말하면서 원래 앉았던 자리로 돌아간다.

도요타 아하하하, 자네가 외국에 가고 싶다는 건 그게 목적인 거 아냐?

하세가와 물론이야. (오른쪽을 살피면서 낮은 목소리로) 자네도 조금은 했지?

도요타 난 도무지 그런 쪽은 별로야.

하세가와 하지만 아무리 고지식한 사람이라도 해외에 나가면 한 번쯤은 갔다 온다던데.

도요타 난 예외야. 그런 일에 돈 쓸 생각은 없어.

하세가와 그렇다 치더라도 한두 번은 갔겠지?

도요타 아니, 한 번도 없어.

하세가와 거짓말하지 마. 진실을 말하게나.

도요타 아냐, 사실이네. 파리에서 억지로 끌려갔지만, 여차하는 순간에 도망 와 버렸지.

하세가와 그럼 대체 뭘 하고 있었나?

도요타 뭘 하긴. 관청의 명령으로 갔으니 여기저기 시찰하고 다녔지. 그리고 뭐, 틈나는 대로 골동품을 찾아다니거나 등산을 하거나 등등, 내 취미는 그런 거지.

하세가와 시시해라. 모처럼 유럽에 나가서 여자를 사지 않고 산에 올라가다니!

도요타 하하하, 자네한텐 시시한지 모르지만, 난 아주 유쾌했어. 본고장 알프스산에 올라갔다 왔으니까.

하세가와 그런데 뭐랄까? 골동품 같은 걸 사기도 했으니 여비가 꽤 들었겠지?

도요타 들었다고 해도 빤하지 뭐. 1년도 채 안 되는 출장이었으니까 말이야.

하세가와 어때, 자네, 오히려 자비(自費)로 비용을 더 쓰지 않았나?

도요타 그래, 출장비만으론 부족했어. 자비 지출이 더 많더군.

하세가와 그럴 테지. — 전부 합쳐서 얼마나 썼나?

도요타 (싫은 표정을 짓는다) 글쎄, 한 3만 엔이나 썼는지 모르겠군.

하세가와 흠, 기간이 짧은 데 비해 돈이 많이 들었군. — 그만한 돈을 한 푼도 안 남기고 다 써 버렸나? 고베에 도착했을 때 얼마간은 주머니에 남아 있었지?

도요타 그런 건 물어볼 필요 없잖아?

하세가와 (당황한다) 아니, 나도 언젠가 외국에 가지 말란 법은 없으니까, 참고 삼아 물어봐 두려는 거지.

도요타 절약하면 만 엔도 안 드니까 자네도 조만간 회사에서 보내 줄 거야. 요즘은 너도나도 외국에 나가니까.

하세가와 우리 회사 같은 데는 가난해서 도저히 못 보내 줘. 게다가 신문사라면 몰라도 잡지사가 직원을 해외에 출장 보내는 일은 없으니까 말이야. 더군다나 난 신용이 없는 걸로 알려져 있으니까.

도요타 신용이 없는 건 자업자득이라 어쩔 수 없겠지. 하하하하. — 자네도 이제 슬슬 오입질 그만 해야겠네.

하세가와 아니, 그걸 그만두면 난 살아 있는 보람이 없어. 하기야 뭐, 자네처럼 좋은 부인이 있으면 몰라도.

도요타 쓸데없는 소리 하지 말게나.

하세가와 그래도 그렇잖아. 자네 부인은 자네가 3만 엔을 쓴다고 불평 따윈 하지 않을 걸세.

도요타 그런 건 당연하지 않나?

하세가와 하지만 그게 당연하지 않더라고. 우리 집 같으면 100엔이라도 돈을 썼다 하면 당장 투덜댄다네.

도요타 자네 돈은 사용처가 나쁘니까.

하세가와 그것도 그렇지만, 우리 집 같은 가난한 살림으로는 저금이라는 걸 전혀 할 수 없으니까, 몰래 돈을 쓰려고 하면 금세 마누라가 눈치채는 거야. 자네 집 같으면 100엔이나 200엔 같은 푼돈은 수월하게 속일 수 있겠지만.

도요타 자네, 내가 이상한 걸 물어본다고 생각하겠지만, 설마 오늘 돈 얘기하러 온 건 아니지?

하세가와 (말문이 꽉 막힌다) 응? 어째서 ……

도요타 왜 그러다니. 아까부터 괜히 돈 얘기만 나오니까 그렇지. 자네도 언젠가 한 약속을 잊고 있을 리는 없을 거고, 오늘은 특별히 볼일이 있는 건 아니겠지.

하세가와 아아…… 아냐, 그럴 생각으로 온 게 아니라고. 오늘은 일요일인 데다 날씨가 좋아서 산책을 나왔다가 우연히 이 앞을 지나게 됐네. 그 후 꼭 1년 만이고, 자네가 귀국했다는 소문을 들었기에 인사차 잠깐 들렀을 뿐이야.

도요타 그래, 그렇다면 상관없지만. ……

하세가와 하지만 뭐, 어수선한 곳에 무슨 일인가 싶을 테니, 바쁘면 난 돌아가겠네.

도요타 (약간 안됐다는 듯이) 어, 뭐 괜찮아. 이번 달에는 관청을 쉴 예정이라서 비교적 한가해.

하세가와 그럼 뭣하지만, 바쁘면 주저 말고 그렇다고 말해 줘. 조만간 또 여행 이야기를 들으러 올 테니까.

도요타 그렇게 서둘러 돌아가지 않아도 되니 잠시 얘기 나누다 가게나. — 여행 이야기도 여러 가지 있긴 하네만, 공교롭게도 자네 마음에 들 만한 얘깃거리를 마련하지 못해서 난처하군.

하세가와 하지만 자네, 요염한 미인이 그려진 그림엽서라든지, 뭔가 좀 있을 것 같은데.

도요타 미인 사진은 아니네만, 여기 알프스 사진첩이 있지. 이거라도 좀 봐 주게.

하세가와 (사진첩을 받아 들고 대충 건성으로 아무렇게나 넘겨본다) 산 경치라? 이런 걸 봐도 감흥이 없군. 참 그렇지, 자네는 스위스에 갔으니까 시계를 사 왔을 테지.

도요타 응, 시계가 부피가 크지 않아서 선물로는 가장 적당하니까.

하세가와 그럼 뭐야, 지금 자네 부인이 팔에 차고 있는 것도 해외 출장 선물인가? 아까 얼핏 봤는데.

도요타 어, 그래.

하세가와 그 시계 꽤 괜찮더군. 지난번에 하고 있던 건 엘진 아니었어? (도요타가 깜짝 놀란 듯한 표정을 지어서 황급히 변명한다) 아니, 난 시계에 흥미가 있어서 남들이 갖고 있는 걸 아주 유심히 보니까. ……

도요타 저런, 그거 금시초문인데. 자네가 시계에 취미가 있다니. — 여색(女色)을 즐기는 거 하고는 상당히 인연이 멀지 않나.

하세가와 나도 그 정도의 취미는 있다네. 하기야 난 변변한 걸 갖고 있지도 않고, 그것도 지금은 전당포에 잡혀 버렸네만, 돈이 있으면 시계 컬렉션을 해 보고 싶어.

도요타 그것도 시작해 보면 아마 재미있을 걸세.

하세가와 자네도 수집벽이 있으면 이제부터 좀 해 보게. 도대체 뭐야? 손목시계 같은 건 진짜 시계를 좋아하는 사람이 살 만한 물건이 아니거든.

도요타 그건 그럴지도 모르지. — 그럼 자네, 이 녀석을 한번 봐 주게. 이건 내가 쓰려고 사 왔는데. (하고 아까 그 가방 안에서 남성용 회중시계를 꺼낸다) 어때, 이건?

하세가와 (받아 들어 살펴본다) 흠, 제네바. ― 이것도 역시 스위스군.

도요타 그 기계를 좀 열어 보게나.

하세가와, 열어 보려고 하지만 여는 방법을 잘 몰라서 우물쭈물한다.

하세가와 으 …… 이건 정말이지 …… 되게 단단하군. ……

도요타 아, 그렇게 거칠게 하면 못써. 나한테 줘 봐. (수월하게 열어서 하세가와에게 건넨다) 이 기계를 잘 봐 봐. ……

하세가와 ……과연, 좋은데 이건 …… 보석 같은 것도 많이 붙어 있는 것 같고, 꽤 좋아.

도요타　　그건 좀 특이한 기계라는군. 일본에서 사면 얼마 정도 하는지 모르겠나?

하세가와　　글쎄…… 난 아무래도 이런 신형 시계보다는 낡은 시계가 취향이라서 ……

도요타　　시계에 정통하게 되면 누구나 다 그런 모양이야.

하세가와　　그건 맞네. 이 시계도 괜찮긴 하지만 우리 입장에서는 이런 건 돈만 내면 얼마든지 살 수 있어. 역시 오래된 게 재미있지. 컬렉션을 하려면 그런 놈을 모아야지. 만두처럼 두껍고 튼튼한 놈으로, 태엽을 감을 때 열쇠로 감는 그런 게 있으면 좋겠는데. ……

도요타　　요즘 태엽을 감아서 쓰는 시계는 흔하게 볼 수 없을 텐데.

하세가와　　손쉽게 구할 수 없으니까 그걸 모으는 게 재밌는 거지. 내가 알고 있는 바로는 우사미가 훌륭한 걸 하나 갖고 있는데, 그건 정말 말할 수 없이 좋은 물건이야.

도요타 와, 어떤 거야?

하세가와 그게 지금 이야기하고 있는 것처럼 묵직하고 투박한 놈인데 말이야. 두께는 글쎄, 이 시계의 거의 세 배는 될까? 사이즈도 그래서 훨씬 더 크고, 게다가 표면을 촘촘하게 돋을새김으로 세공한 금장 양면뚜껑 회중시계야.

도요타 돋을새김 세공의 양면뚜껑은 진귀하군. 서양에 가면 영국 노인들이 가끔 들고 있던 것 같은데.

하세가와 바로 그거야 자네, 시계는 스위스라고 하지만 사실은 영국이 제일이지. 진짜 기계가 튼튼해서 몇 년을 써도 고장 나지 않는 시계는 영국이 아니면 불가능해. 그러니까 영국인들은 잘도 낡은 시계를 가지고 있는 걸세.

도요타 우사미는 그런 걸 어디서 구했나?

하세가와 우사미의 부친이 해외여행 갔을 때 런던에서 사 왔다는데, 부친이 죽을 때 그걸 유품으로 받아서 우사미가 사용하기 시작한 지 20년 가까이 된다고 하네만, 아직도 시간이 딱 맞아서 1분 1초도 어긋나지 않는 거야.

도요타 근데 그런 큰 금장시계라면 졸부 티가 나서 보기 싫지 않으려나.

하세가와 아니, 아무리 농담이라도 말도 안 돼! 일본인은 뭐든지 이렇게 얄팍한 구두쇠 냄새가 나는 걸 갖고 싶어 하는 나쁜 버릇이 있지. 금장이라 해도 옛날 영국의 금이라서 그 금 색깔이 아주 품위가 있단 말이야. 게다가 여러 해 동안 사용해서 적당히 손때가 묻었기 때문에 세공에 시대가 묻어나서 뭐라고 표현할 수 없을 만큼 좋은 느낌이 나지. 참, 그리고 체인[3]이 또 훌륭해.

도요타 체인도 그 시대 물건인 거로군.

---

3 chain.

하세가와 물론 당연하지. 아무튼 시계가 위엄이 느껴지는데, 체인도 아주 굵어서 말이야, 요즘처럼 저렇게 얄팍한 게 아니라 마치 개라도 끌 것처럼 굉장한 놈이야. 우사미는 몸집이 크니까, 모닝코트나 검은 조끼 같은 복장에 그 녀석을 추루룩 늘어뜨리고 있는 모습이 하이칼라스러워서 정말 훌륭해 보이지. 절대로 품위 없는 물건이 아니네.

도요타 그런 게 있으면 나도 하나 갖고 싶군.

하세가와 살 사람은 얼마든지 있네만, 저런 건 좀처럼 나오지 않아. 나온다 해도 500엔, 600엔의 가격으로 바로 팔려 버린다네. 자네가 정말 살 마음이 있으면 뭐, 우사미가 뭐라고 하는지 물어봐 줄 수도 있지만 말이야.

도요타 아니, 우사미한테 그런 말을 하면 미안해서 안 되네. 매물이 있을 때의 이야기일세.

하세가와 하지만 이야기하기 나름인데, 혹시 매물로 내

놓을지도 몰라. 이 시계도 질리도록 썼으니 물건을 알아보는 사람이 있으면 싸게 넘겨도 되는데, 라고 언젠가 그렇게 말했었다니까. — 어때 자네, 300엔 정도로 깎아 주면 살 마음이 있나? 물론 난 신용이 없으니까 자네가 확실한 전문가에게 보여 주고 감정을 받은 다음의 일이지만……

도요타 그렇게 된다면 사도 괜찮지만, 여하튼 우사미의 시계는 그만두게. 난 그렇게 친한 사이도 아니니까.

하세가와 근데 잠깐 그 시계를 볼 생각은 없나? 보기만 할 거면 몰래 가져올 수 있는데.

도요타 몰래?

하세가와 아아…… …… 실은 뭐랄까…… 그 시계는 내가 맡아 가지고 있네.

도요타 하지만…… 무슨 이유로? …… 그럼 지금 갖고 있는 건가?

하세가와 지금 여기에는 없어. 그 말은, 그걸 전당포에 잡혀 버렸단 말일세. …… 아니, 우사미가 잡힌 건 아니네. 내가 허락도 받지 않고 넣어 버렸는데, 100엔 정도의 돈만 있으면 바로 찾을 수 있어. (도요타 새파랗게 질린다. 하세가와, 상관없이 태연한 태도로 술술 계속 말한다) 이렇게 말로만 들으면 잘 모르겠지만, 실은 요전에 내가 아주 가깝게 지내고 있는 기술 좋은 시계점이 있어서 말이야, 그 이야기를 우사미에게 했더니, 이 시계는 오랫동안 기름을 칠하지 않았고 청소를 부탁한 적이 없으니, 그 가게에 갖고 가서 수선해 주면 좋겠다고 해서 내가 맡아 있었던 거네. 내가 그걸 그 시계점에 가져갔으면 되는데, 갑자기 절박한 사정이 생겨서 전당포에 가져가는 바람에 지금 와서 난처해진 걸세.

짧은 시간이 지남. 도요타, 불끈 화가 나서 하세가와를 노려보고 있다. 하세가와는 뻔뻔스럽게도 태연하다.

하세가와　　저기, 어떤가?

도요타　　자넨 또 늘 하던 수법을 쓰는군.

하세가와　　늘 하던 수법이라니?

도요타　　자네 아까 뭐라고 했나? 우연히 여길 지나가다 인사차 들렀다고 했잖나?

하세가와　　응, 그건 틀림없어. 언젠가 한 약속도 있으니 그럴 생각으로 온 건 아니었는데, 우연히 시계 이야기가 나와서 그만 말을 꺼내고 말았어.

도요타　　그럼 이 얘긴 그만두게나. 듣고 있으면 기분 나빠지니까.

하세가와　　하지만 자네, 말을 꺼낸 이상 들어줬으면 하네.

도요타　　안 되네, 안 돼, 이렇게 될 거라고 생각했기 때문에 내가 다짐을 받은 거야. 그럴 정도라면 왜 처음부터 그렇게 말하지 않았나?

하세가와 처음에 그런 말을 했다가는 단번에 퇴짜를 맞잖아.

도요타 그래서 속임수를 쓴 거군.

하세가와 사기 친 게 아니라니까. 아주 우연하게 — 그게 말이야, 항상 머릿속에 이 일이 신경이 쓰여서, 큰일났다는 생각을 하던 차에 그만 무심코 말해 버린 거야. (점점 처량한 말투가 된다) 정말 난처하네. 어쨌든 그걸 맡은 지 일주일이나 됐는데, 그렇게 언제까지 길게 끌 수는 없잖은가? 단돈 100엔만 있으면 내가 구원받을 수 있거든.

도요타 자넨 얼마 안 된다지만, 100엔은 큰돈이야.

하세가와 내게는 큰돈이네만, 자네에겐 아무것도 아니잖나.

도요타 바보 같은 소리 하지 말게. 100엔이라는 돈을 무턱대고 낼 수는 없잖은가.

하세가와 하지만 자넨 시계 매물이 있으면 300엔 정도는 지불하겠다고 했었지? 멋진 시계를 두세 개나 갖고 있으면서, 그런데도 사겠다고 했잖나?

도요타 자넨 참, 사람이 무심코 깜빡하고 있으면 넘겨짚기도 하니, 잠시도 방심할 수 없는 사내야.

하세가와 그래도 이치가 그렇지 않은가. 시계를 사려고 300엔을 낼 여유가 있으면, 그 3분의 1의 돈으로 날 구해 주게. 이 사실을 우사미에게 들키면, 내 신용은 땅에 떨어져 버려서 사기나 횡령으로 고소당해도 어쩔 수 없게 되네.

도요타 애당초 땅에 떨어진 신용이 더 이상 떨어질 염려는 없어.

하세가와 하긴 그렇긴 하지만, 그래도 아직 다소 명예라는 게 있고, 더구나 그런 일이 세상에 알려지면 회사에서 잘릴 우려가 있네. — 그렇게 되는 날엔 당장 먹고살기가 곤란하다니까. 자네라고 설마, 내가 백수가 되어 버리면 기분 좋지는 않겠지?

도요타 그걸 내 책임이라니, 자네도 참.

하세가와 그런 건 아니네만, 자네가 100엔을 아까워한 탓에 한 친구가 일자리를 잃게 된다면, 평소 자네의 성품으로 보아 결코 기분 좋은 일은 아닐 걸세.

도요타 내가 어떤 기분이 들든 괜한 걱정 할 필요 없네.

하세가와 그런 식으로 말하니 너무 인정미가 없는데 — 이번 돈은 평소와 다른 거라 — 자칫 잘못되면 내 생활과 지위에 영향을 미치는 중대사건이라니까. —

도요타 자네가 배수진을 치니까 얄궂군. 왜 그런 중대사건을 일으켰는가? 따지고 보면 역시 술과 여자 때문이잖은가?

하세가와 자넨 일일이 거꾸로 받아들여서 곤란해. 배수진을 칠 생각은 없었지만, 이제 정말 자네한테 염치없이 돈을 부탁하러 올 수도 없고, 어떻게든 변통해 보려고 혼자서 이리저리 알아보고 있던 중에 결국 이런 중대사건이 터져 버렸네. 정말 자네, 이제 더 이상 부탁하지 않을 테니, 이번이야말로 이게 마지막이라고 생각하고 부탁을 들어주지 않겠나? 나한테 준다고 생각하면 화가 날지도 모르지만, 저기 뭐야, 시계를 하나 샀다고 생각하게. — 게다가 시계보다 훨씬 싼 값으로 한 사람의 지위와 생활을 살 수 있으니까. — 그렇게 해서 그 사내의 가족 모두를 구할 수 있으니까. — 난 어떻게 되든 상관없지만, 생각해 보면 마누라나 아이가 딱하게 됐어.

도요타 아니, 곤란하게 됐네만, 이번엔 거절하겠네. 하기야 100엔으로 끝날 일이라면 어떻게 해서든 줄 수 있겠지만, 솔직히 아내가 자넬 싫어하거든. 자넨 내 아내에게 완전히 신용을 잃어버렸으니, 내가 중간에 끼어서 몹시 난처하네. 돈 문제보다도 지금은 감정 문제라서, 자네가 올 때마다 듣기 싫은 이야기를 하니 아내도 점점 더 기분 나빠하고, 그것 때문에 앞으로 왕래를 할 수 없게 되면 서로 언짢으니 말이야.

하세가와 응, 그건 알고 있네. 자네 부인에게 눈총을 받는 것쯤은 나도 확실히 느끼고 있어. 하지만 자네가 어떻게든 도와줄 의지가 있다면, 아무쪼록 그걸 자네 부인이 모르게끔 해결해 줄 수 없겠나? 잠깐 비밀로 하고 수표를 끊어 줘도 되고 말이네. —

도요타 그게 자네 말처럼 쉬운 게 아니라니까. —

하세가와 그래도 자네 부인에게 알려지지만 않음 되잖나? 제발, 도와주게. 정말 부탁하네. 아무튼 난 이 사건이 마무리될 때까지 우사미를 만날 수 없다네. 게다가 우사미는 그 시계 대신 들고 다닐 회중시계가 없어서 이상한 손목시계를 차고 있으니 아마 본인도 분명 불편해하고 있을 걸세. 그게 아니더라도 아까 말한 대로 아버지의 유품이라면서 아주 소중히 여기고 있으니 말이야. 재촉하면 어쩌나 하고 매일 조마조마해서 회사에 나가 있어도 전화가 올 때마다 움찔하네. 그러니 제발, …… 이제 이 이후로 폐 끼치지 않을 테니까, 이번만은 제발…… 도와주게. 부탁이니 들어주게. 만일 자네 부인에게 알려진다 해도 이번에는 사정이 사정이니까 변명거리가 될 걸세.

도요타 말은 그렇게 해도 앞으로 또 이런 일이 있으면 어떻게 하나? 그때마다 "사정이 사정"이라 해서 뒤치다꺼리를 하면 끝이 없다고.

하세가와 그러니까 이 이후로는 자네에게 폐를 끼치지 않겠네. 우선 이런 위태로운 줄타기는 지긋지긋해서 두 번 다시 이런 일은 없을 걸세. 한다 해도 절대로 자네한테는 가져오지 않을게.

도요타 그럼 뭐야. 오늘 100엔만 빌려주면 앞으로 무슨 일이 있든, 설사 자네가 사기횡령으로 감옥에 가는 한이 있어도 내 신세를 지지 않겠다는 건가?

하세가와 물론일세. 또 이런 일이 있기야 하겠나?

도요타 있을지 없을지 그게 못 미더우니까 다짐을 받는 걸세.

하세가와 정말 괜찮다니까, 뭣하면 증서를 쓸 수도 있어.

도요타 흥, 자네의 증서가 서 푼이나 되겠는가?

하세가와 도요타 자네, 아무 말 안 하겠네. 제발! (간청한다) 내가 빌게. 제발 부탁하네.

도요타 자네한테 붙잡히면 이래서 당해 낼 재간이 없다니까.

하세가와 자네를 심히 불쾌하게 한 점, 항상 진심으로 미안하게 생각하고 있네. 나도 요즘은, 친구들이 모두 훌륭하게 자리 잡았는데 언제까지 이런 식으로 살 수는 없으니 충고 받은 대로 성실하게 한번 노력해 볼까, 하고 어울리지도 않는 생각을 할 때가 있어. 그러니까 자, 오늘 일을 도와주면 크게 분발하게 될지도 몰라. 나 역시 이렇게 야무지지 못한 점이 흠이긴 하지만 근본 바탕이 어리석은 인간은 아니니까 말이야.

이때 현관의 초인종이 울린다. 두 사람, 알아차리지 못한다.

도요타 하하하, 이거 참 뜬금없이 애교를 부리는군. 시치미 떼는 것도 좀 작작 하게나.

하세가와 자네가 그런 식으로 농으로 돌려 버리니 말을 못하겠는데. 절박한 상황에서 호되게 혼쭐이 나는군.

도요타 그럼 자네, 오늘은 내가 재난을 당한 셈치고 포기하네만, 사실 우사미에게도 딱한 일이고, 자네의 명예를 생각해서 이 돈을 내놓는 걸세. 이걸로 영원히 액때움을 할 요량이니까, 그건 알고 있겠지.

하세가와 으응, 이제부터 맹세코 약속을 지킬게.

도요타 말할 필요도 없겠지만, 그 돈으로 곧장 시계를 찾아서 우사미에게 돌려줄 거지? 또 그 돈을 써 버리고 울면서 매달리는 건 아니겠지?

하세가와 마, 말도 안 되는 소릴……

도요타 그런 일이 생겨도 이제 다시는 해결해 주지 않을 걸세. — 사실 자넨 형편없는 사내야. 거절하면 투덜투덜 핑계를 대고, 빌려주면 기어오르니 항상 한 방 얻어먹은 것 같아서 난 하루 종일 불쾌하네.

이렇게 말하면서 여행가방 안에서 손가방을 꺼낸다.

하세가와 그런 식으로 오해받는 건 정말 괴로운 일이야. 한 방 먹일 처지가 아니네. 오늘 자네에게 거절당하면 어쩌나 하고 식은땀을 엄청 흘렸어.

도요타 (작은 소리로) 자네, 그럼 말이야, 아내가 알게 되면 불편하니까 수표로 가져가게.

하세가와 아, 고맙네, 정말 고마워.

도요타 근데, 수표책은 여기 있는데 도장을 좀 가져와야겠군. ……

도요타, 수표책을 품에 넣고, 손가방을 재빠르게 원래 있던 자리에 넣고 일어서려고 한다. 아내, 무대 좌측에서 등장.

아내 저기, 잠깐 실례합니다.

도요타 뭔데?

아내 손님이에요. 이런 분……

명함을 두 장 도요타에게 건네다.

도요타 흠, 자네, 우사미가 왔네.

하세가와 (뜨끔한다) 허, 우사미가 올 일이 있나?

도요타 지금까지 온 적이 없는데, 구로세의 소개로 온 모양이군. (명함을 보면서) 아하, 그렇군. 내가 뉴욕에서 구로세에게 뭘 좀 보내달라는 부탁을 받았어. 구로세가 몸이 아파서 우사미가 대신 그걸 받으러 온 거네. (아내에게) 자, 지저분해서 실례이긴 한데, 마침 하세가와도 있고 하니 여기로 모셔와 줘.

하세가와 근데 자네, 내가 있어도 상관없겠는가?

도요타 상관없어. 부탁받은 물건이 책 한 권뿐이니까. …… 음, 그게 2층에 있던가? 잠시 보고 올 테니까 아무튼 여기로 오라고 하면 되겠지.

아내 네.

아내, 무대 좌측으로 퇴장.

하세가와 도요타, 도요타, 난 좀 난처하네.

도요타 난처할 건 없잖은가? 설마 내가 있는 앞에서 시계를 재촉하진 않을 테고, 그렇다 한들 내일 돌려주면 되잖아.

하세가와 그건 그렇지만, 그렇다 해도 거북하네. 빨리 수표를 써 주게나. 난 한발 앞서 돌아갈 테니까.

도요타 수표는 지금 줄 건데, 함께 얘기 나누다 가면 되잖나? 허둥지둥 도망가면 오히려 이상해. (무대 좌측에서 발소리가 난다) 잠깐, 지금 2층에서 써서 갖고 올게.

도요타, 무대 우측으로 퇴장.
무대 좌측에서 도요타의 아내, 우사미를 데리고 온다. 당당한 인품의 사내. 영국 취향의 검정 상의에 줄무늬 바지. 검정 양말. 싱글칼라[4]. 하지만 손목시계는 차고 있지 않다. 그의 가슴 언저리에는 굵은 금줄이 찬란하게

---

4 single collar. 곧게 세워서 끝부분은 접은 옷깃. 스탠딩 칼라로 주로 남성의 예장용 드레스 셔츠에 단다.

빛나고 있다.

하세가와는 이때부터 자꾸 우사미의 금줄에 신경이 쓰인다.

우사미 야, 실례하네, 자네도 왔나?

하세가와 (머뭇머뭇한다) 어, 으응, 여행 이야기를 듣고 있던 중이야.

우사미 (도요타의 아내에게) 아, 부인이십니까? 저는 우사미라고 합니다. — 도요타와는 중학생 시절에 친하게 지냈었는데, 그 후 소문은 듣고 있었지만 그만 엇갈려서 그동안 격조했습니다.

아내 오늘 잘 오셨어요. ……

우사미 네, 갑작스럽게 방문하게 되어 실례가 많습니다. …… 그리고 이번에 도요타가 무사히 귀국하게 되어 다행입니다.

아내 감사합니다. (상석을 가리킨다) 아, 저쪽으로 앉으시죠. 어수선해서 대단히 결례를 끼치게 되었네요.

하세가와 자, 우사미, 자네, 거기 말고. 어서 저쪽으로 앉게나.

우사미 그래.

오른쪽으로 앉는다.
아내, 그 주변을 정리하고 무대 우측으로 퇴장.

우사미 한동안 얼굴도 안 보이더니 요즘은 어떻게 지내나? 여전히 그 잡지사인가?

하세가와 으, 응 여전하네.

우사미 그래도 그 잡지 꽤 잘나가고 있잖은가? 일이 재미있나 보군.

하세가와 뭘, 팔리긴 팔리는데 여성잡지라서 시시해. 제대로 하는 일은 없네.

우사미 여성잡지니까 자네에겐 안성맞춤일 테지. 여러 방면의 미인을 만날 기회가 많겠군.

하세가와 응, 그건 뭐, 그럴 기회는 있네만. ……

우사미 그럼 눈요기는 많이 되겠군, 하하하.

아내, 무대 우측에서 등장. 차를 가져온다.

아내 저기, 보관하고 있는 물건을 지금 찾고 있으니 잠시 기다려 주셨으면 합니다. —

우사미 아니, 번거롭게 해드려 죄송합니다.

하세가와 도요타가 3일 전에 막 돌아와서 짐을 푸는 게 보통 일이 아닌 모양이야.

우사미 그럴 테지. — 힘 드시면 제가 다시 받으러 와도 됩니다만.

아내 아니에요, 보관해 둔 곳을 알고 있다니까 바로 올 거예요. …… 편히 말씀 나누세요. ……

우사미 정말 미안합니다. 실은 제가 2, 3일 더 지난 뒤에 방문하려고 했는데, 구로세가 자꾸 서둘러서요.

아내 구로세 씨는 많이 좋아지셨다고 들었습니다만, 그 후 어떻게 지내시는지요?

우사미 네, 덕분에 계속 좋아져서, 일주일 정도 지나면 퇴원할 수 있을 것 같습니다.

아내 아, 다행입니다. 부디 몸조리 잘 하시라고 전해 주세요.

우사미 감사합니다.

하세가와, 완전히 침착성을 잃은 채 도요타의 아내와 우사미의 얼굴, 수표의 금액을 흘끔흘끔 보고 있다.
아내, 무대 우측으로 퇴장한다. 하세가와, 우울한 눈빛으로 멍하니 생각에 잠겨 있다. 그러자 우사미, 조끼 주머니에 손을 넣어 딱딱하고 두꺼운 금장의 돋을새김 양면뚜껑 회중

시계를 꺼내 시간을 본다.

우사미 11시 반이군. 난 12시에 다른 약속이 있는데…… (하고 시계를 주머니에 넣는다)

하세가와 (억지로 기운을 낸다) 오늘은 일요일이라 한가하지 않나?

우사미 일요일이라도 보다시피 꽤 바빠. 점심때 데이코쿠(帝國)호텔[5]에 가서 친구와 밥을 먹기로 했거든.

하세가와 그럼 식사하고 오는 길에 들르면 되잖나. 여기서 호텔까지 30분 안에 도착 못 하네.

우사미 그래도 모처럼 왔으니 그냥 돌아가는 것도 실례라서……

하세가와 어쨌든 자네, 도요타 선생은 말일세, 이렇게 조각이라든가 도자기 같은 걸 잔뜩 사들여 왔

---

5 일본 도쿄도 지요다구 우치사이와이초(東京都 千代田 內幸町)에 위치한 호텔.

으니 그야말로 대단한 짐 꾸러미지. 나도 실은 받을 게 있어서 기다리고 있는데 찾는 게 쉬운 일이 아닌 것 같아.

우사미 그런가, 그거 곤란한데.

하세가와 난 저녁까지 놀고 있을 테니 점심 약속을 먼저 다녀오는 게 어때? 오랜만에 천천히 한번 얘기나 나눔세.

우사미 근데 밤에 또 약속이 있거든. (하고 시계를 꺼냈다가 집어넣는다) 어떡하지, 내일 다시 올까?

하세가와 그렇게 하게나. 오늘 중으로 꺼내 달라고 부탁해 두고 내일 찾으러 오든지, 아니면 내가 갖다 줘도 되고. 무슨 중요한 물건인가?

우사미 뭐, 그렇게 중요한 건 아닌데……

도요타 등장, 오른편 안쪽에서 하세가와에게 눈짓을 한다.

도요타 하세가와, 잠시만.

하세가와, 무슨 뜻인지 알아듣고 일어나서 그쪽으로 간다. 도요타, 호주머니에서 수표를 꺼내 "자, 이거"라고 말하며 하세가와에게 건넨다. 하세가와, 받아서 품속에 넣고 원래의 자리로 돌아온다. 도요타는 제일 왼쪽으로 와서 우사미와 마주 앉는다. 책 꾸러미를 들고 있다.

도요타 야, 이거 참 잘 왔네. 너무 기다리게 해서 미안하네.

우사미 그 이후로 오랫동안 격조했네. 그동안 건강하게 잘 지냈는가? —

도요타 나야말로, 항상 구로세에게 근황은 듣고 있던 터라 기회가 있을 때 한번 만나고 싶었는데 좀처럼 기회가 없었네.

우사미 마침 잘 됐군. 만 2년 동안 야마구치현(山口

縣)[6]에 가 있다가 겨우 작년 8월부터 본청 발령을 받았는데, 그동안 자네들한테 격조했네.

도요타 아, 그랬군. — (이라고 말하면서 금줄을 알아보고, 의아한 듯이 하세가와를 바라본다) 앞으로 가끔 구로세랑 함께 놀러 오게나. 정말이지 옛 친구들이 점점 도쿄를 떠나고 있으니 말이네. —

우사미 공무원 생활을 하고 있으니 어쩔 수 없을 테지. — 그런데 이번엔 꽤 먼 곳을 다녀왔는데 어떤가, 해외 쪽의 인상은?

도요타 뭐, 대충 분주하게 들렀다 오느라, 글쎄, 전혀 모르겠는데. — 지금도 하세가와가 해외 출장 이야기를 꼭 들려 달라고 하는데 얘깃거리가 아무것도 없네.

우사미 하하, 하세가와, 그건 안 되지. 자네가 만족할 만한 이야기는 도요타가 담아 올 수 없네.

---

6 일본 주고쿠(中国)지방 서부의 현. 현청 소재지는 야마구치시(山口市).

하세가와 흠.

하며 마지못해 웃지만, 이내 호소하는 듯한 눈빛으로 도요타를 바라본다. 도요타 더욱 험악한 얼굴로 금줄을 보면서 이상하다는 듯이 하세가와를 바라보고, 그것을 또 우사미가 눈치 채지 못하게끔 한다.

우사미 저어, 제일 처음에는 어디, 미국 쪽에서부터 쭉 둘러봤나?

도요타 응, 미국에서부터 먼저 차례차례로 들렀지. — 아, 참 실은 이건데, 내가 병문안 겸해서 전해 줘야 되는 걸 일부러 가지러 와 줘서 미안하네.

책 꾸러미를 건네준다.

우사미 천만에. 귀국하자마자 바쁜 줄 알지만 환자가 매일 이제 지루해 죽겠으니 이럴 때 책을 읽고 싶다고 해서 말이네.

도요타 구로세도 책을 읽을 수 있게 되었으니 이제 안심이군. 일간 문병을 가야겠네.

우사미 하지만 지금은 거의 완쾌에 가까우니 다망한 중에 너무 그렇게 마음 쓰지 않아도 괜찮아. — 내가 안부 잘 전해 주겠네. 그럼 저기, 오늘은 심부름 온 거이니까 이만 실례하겠네.

도요타 뭘, 괜찮아. 별일 없으면 천천히 놀다 가게나.

우사미 아니, 정말 미안하네만, 다음에 천천히 들를게. 사실 오늘은 12시에 약속이 있어서 말이야.

하고 시계를 꺼낸다. 도요타와 하세가와 예기치 않게 그 시계를 물끄러미 바라보고서는, 뒤이어 도요타는 화난 듯이, 하세가와는 연민을 청하듯이 서로 얼굴을 마주 본다.

우사미 그럼 이건 잘 받았네. 언제든 근처에 오게 되면 나한테도 꼭 들러 주게나.

도요타 그래. 그런 신경 쓰지 말고, 오늘은 정말로 아쉬운데. ……

하세가와 그럼 나도 이만. ― 우사미, 거기까지 함께 갈까?

도요타 (하세가와를 확 노려보다) 자넨 됐네. 좀 더 있게나.

하세가와 (간청하는 듯한 눈빛으로) 근데 저기……오늘은 좀……

우사미 자네는 저녁까지 괜찮지? 아까 그랬잖나?

하세가와 아니, 생각해 보니 중요한 일을 잊고 있었어.

우사미 그래도 뭐 괜찮잖아, 남아 있게.

하세가와 그게 아주 급한 일이라서 우물쭈물하고 있을 수 없네. 마루노우치[7]까지 갈 건데, 자네 자

7 일본 도쿄 지요다구(東京都 千代田区) 황거(皇居)의 동쪽 일대.

동차에 태워 주게. (다시 간청하듯이 도요타를 본다) 도요타, 정말 오늘은 실례하겠네.

도요타 기다려, 아직 자네한텐 할 이야기가 있네.

아내, 무대 우측에서 등장.

하세가와 응, 그 이야기는 알고 있어. — 알고 있네만, 일단 갔다가 다시 들으러 올게.

아내 여보, 하세가와 씨는 볼일이 있으시다니까 무리해서 만류하시면 안 돼요.

하세가와 네, 정말 그렇습니다. 오늘은 모처럼이네만. 그럼 도요타, 실례하겠네.

하세가와, 도망치듯 무대 좌측으로 퇴장.

우사미 부인 —

도요타 아, 우사미도 가 보겠다는군.

아내 어머, 잠시 괜찮지 않으신가요? ― (도요타에게) 여보, 실례일지도 모르겠지만, 함께 식사라도 하시죠. ―

도요타 (부루퉁하게 건성으로) 응, 나도 그럴 생각이었는데. ……

우사미 감사합니다만, 오늘은 정말 어쩔 수 없는 선약이 있어서요. 곧 다시 놀러 오겠습니다.

아내 그러세요? 아, 어쩌죠? 아무런 대접도 못 해드렸네요.

우사미, 퇴장. 아내, 배웅하러 나간다.
도요타, 아직 울컥하고 화가 치밀어 방 안을 왔다 갔다 하고 있다.

(1926)

다니자키 준이치로의 레제드라마

다니자키 준이치로의 레제드라마[1]

나승회

다니자키 준이치로(谷崎潤一郎, 1886~1965)는 1910년 『문신(刺青)』으로 문단에 데뷔한 이후 50여 년 동안 현역작가로 활약하며 200편이 넘는 작품을 발표한 일본의 문호(文豪)이자, 일본 탐미파문학의 중심적 존재이다. 창작의 근간이 에로티시즘의 영역에 한정되어 있다는 이유로 다니자키 문학은 탐미파문학의 범주에서 주로 평가받아 왔지만, 메이지(明治), 다이쇼(大正), 쇼와(昭和)를 거치며 에로티시즘을 기조로 하면서도 각 시기별로 다양한 형태의 문학적 시도를 보여주고 있다.

국내에서는 소설 중심으로 다니자키의 작품이 번역되고 있는 관계로 다니자키의 작품세계가 소설 창작 중심으로 소개되어 있으나, 실제로 그는 1910년대에서 1960년대까지 희곡(24편), 시나리오(3편), 대화극(2편), 희곡체 소설(1편), 극중극(劇中劇)의 형

1 이 글은 「다니자키 준이치로(谷崎潤一郎)의 희곡 창작과 <자기표출>의 욕구」(『일본문화연구』 34집, 동아시아일본학회, 2010), 「1910년대 일본 신극과 레제드라마-다니자키 준이치로의 『탄생(誕生)』『신제이(信西)』를 중심으로」(『일본연구』 39권, 중앙대학교 일본연구소, 2015) 등 본 역자의 기발표 문장을 수정, 보완하여 작성하였다.

태로 희곡을 배치한 소설(1편), 수필(30편), 평론(6편), 일기(2편), 노래일기(1편) 등 여러 형식의 문장을 남겼다. 문단 데뷔작인 『문신』을 발표하기 이전부터 연극적 양식(희곡)에 대한 관심을 나타내며 희곡 창작을 병행하여 극작가로서의 면모를 보였으며, 시나리오와 대화극, 희곡체 소설까지 포함하여 약 30편의 적지 않은 희곡관련 작품을 발표했다. 희곡 창작의 대부분은 1910~20년대를 전후한 다이쇼기(大正期)에 집중되어 있는데, 그 중 약 17편이 실제 연극무대에서 상연되었고, 7~12편의 희곡은 상연되지 않은 채 레제드라마(Lesedrama)[2]로 남았다.

다니자키의 희곡관련 작품은 출발기인 1910년에 집필한 『탄생(誕生)』 이후 1916년 무렵까지 거의 1년에 1편씩, 1917년에는 4편, 1918~1920년에도 매년 1~2편씩 지속적으로 이어진다. 이후 1921년부터 1926년 『백일몽(白日夢)』을 발표할 무렵에는 희곡관련 작품이 15편이나 집중적으로 발표되었으며, 1923년에는 『준이치로 희곡걸작집(潤一郎戯曲傑作集)』이 간행되어 당시의 독자들에게 다니자키의 극작가로서의 일면을 각인시켰다. 다니자키는 1925년에 발행된 『현대희곡전집6(現代戯曲全集谷崎潤一郎篇)』의 발문(跋文)에서 "독자들 개개인의 머리(상상) 속에 무대를 만들고, 조명을 설치하여 자유롭게 배우를 등장시켜 희

2 18~19세기 유럽에서 유행한 희곡 양식으로 연극 상연을 목적으로 하지 않고 읽기 위해 집필된 희곡을 가리킴.

곡이 주는 환상을 즐기면 좋겠다"는 문장을 남긴 다음, "읽기 위한 희곡도 다 버릴 건 아니다"라며 자신의 희곡관을 적극적으로 드러내기도 한다.

아래의 <다니자키 준이치로의 희곡작품 일람>에서도 알 수 있듯이, 다니자키는 1910~20년대에 집중적으로 희곡을 발표하여 소설가의 희곡 창작 열풍의 중심에 서게 된다.

<**다니자키 준이치로의 희곡작품 일람**>

*(초연)은 희곡창작 중 실제 무대에서 초연된 작품

- 1910년

· 『탄생(誕生)』 : 1막(레제드라마)/고전 『에이가모노가타리(栄華物語)』에서 취재, 명문세가의 성공과 운명이야기

· 『코끼리(象)』 : 1막(레제드라마)/고전적 분위기, '코끼리'의 등장, 인생에 대한 기대감

- 1911년

· 『신제이(信西)』 : 1막(1918년 초연)/고전에서 취재, 운명에 대한 불안감 표출

- 1913년

· 『사랑을 느낄 무렵(恋を知る頃)』 : 3막(1981년 초연)/상속다

툼, 인물의 등장 및 대사 간결/여인의 여체(女體)에 매료되어 비극적인 운명을 감수함

- 1914년
  - 『봄의 해변(春の海辺)』 : 3막(1919년 초연)/애정물, 남녀관계/호평 상연

- 1915년
  - 『호세지이야기(法成寺物語)』 : 4막(1920년 초연)/고전에서 취재, 예술과 종교의 갈등/왕조의 미를 무대에서 재현, 표현주의적

- 1916년
  - 『공포시대(恐怖時代)』 : 2막(1921년 초연)/근세적 분위기, 상속다툼, 요부담(妖婦談)/발매금지

- 1917년
  - 『기혼자와 이혼자(既婚者と離婚者)』 : 대화극(레제드라마)/남녀관계, 작가의 이혼관련 취재
  - 『우구이스히메(鶯姫)』 : 1막 5장(레제드라마)/고전(왕조정취)적 분위기, 퇴마
  - 『어느 남자의 반나절(或る男の半日)』 : 1막(레제드라마)/희

극, 작가의 자기희화(自己戲畵)

·『보름날밤 이야기(十五夜物語)』: 2막(1919년 초연)/고전적 분위기, 모성에 대한 그리움

- 1918년

·『가장무도회가 끝난 후(仮装会の後)』: 대화극(레제드라마)/미(美)와 악(惡)의 대비

- 1919년

·『저주받은 희곡(呪われた戲曲)』: 희곡이 내재된 소설(레제드라마)/남녀관계/<소설-희곡-희곡>의 3층 구조

·『한여름 밤의 사랑(真夏の夜の恋)』: 희곡체 소설(미완성)/남녀관계/레제드라마

- 1920년

·『소동파(蘇東坡)』: 3막(레제드라마)/고전(중국)에서 취재, 예술과 운명

- 1921년

·『달의 속삭임(月の囁き)』: 시나리오(레제드라마)/남녀관계, 내면묘사

·『사랑하기에(愛すればこそ)』: 3막(1923년 초연)/피학적 남

녀관계(마조히즘)/상연금지

- 1922년
  - 『뱀의 음욕(蛇性の淫)』: 시나리오(1921년 영화 개봉)/성(性)에 대한 집착, 변신과 퇴마
  - 『영원한 우상(永遠の偶像)』: 1막(1922년 초연)/남녀관계, 악녀(요부)에 대한 집착
  - 『그녀의 남편(彼女の夫)』:1막(1922년 초연)/남녀관계, 작가의 실생활(이혼관련)에서 취재
  - 『오쿠니와 고헤이(お国と五平)』: 1막(1922년 초연)/남녀관계, 삼각관계
  - 『혼모쿠 야화(本牧夜話)』: 3막(1923년 초연)/남녀관계, 대조적인 삶의 방식

- 1923년
  - 『사랑 없는 사람들(愛なき人々)』: 3막(1923년 초연)/남녀관계, 위악(僞惡)적 남자주인공
  - 『흰 여우 온천(白狐の湯)』: 1막(1923년 초연)/여우와 여인, 고전적, 몽환적인 아름다움
  - 『히나마쓰리의 밤(雛祭の夜)』: 시나리오(1921년 영화 개봉)/일본최초의 동화풍 상상극

- 1924년
  - 『무묘와 아이젠(無明と愛染)』: 2막(1924년 초연)/남녀관계, 도덕과 색욕, 고전적 분위기
  - 『팔씨름(腕角力)』: 1막(1924년 초연)/가학적 남녀관계

- 1925년
  - 『만돌린을 켜는 남자(マンドリンを弾く男)』: 1막 2장(1955년 초연)/자기불안, 도플갱어

- 1926년
  - 『돈을 빌리러 온 남자(金を借りに来た男)』: 1막(1935년 초연)/시계 매개, 자기희화
  - 『백일몽(白日夢)』: 1막 4장(레제드라마)/병원 무대, 표현주의 기법

- 1933년
  - 『가오요(顔世)』: 5막(레제드라마)/고전적, 이상적(理想的)인 미(美)

위의 <희곡작품 일람>에서 보는 바와 같이, 1926년에 발표된 『백일몽』을 기점으로 이후 다니자키의 희곡 창작은 일시적으로 중지된다. 그리고 1933년에 발표된 『가오요(顔世)』를 마지

막으로 다니자키는 더 이상 희곡작품을 집필하지 않는다. 다니자키의 경우 어떠한 형태로든 작품 속에 자신의 존재를 새겨 넣으려는 작가적 충동이 창작활동에 크게 영향을 끼치고 있었다는 점을 상기해 보면, 당초 소설가로서의 성공을 꿈꾸던 그가 다분히 의식적으로 희곡과 소설을 병행해 왔으며, 특정 시점에서 의도적으로 중지하고 있음을 알 수 있다.

한편 <희곡작품 일람>에 의하면, 1921년 이후에 발표된 희곡 중 3편을 제외한 대부분의 작품이 무대에 올랐지만 1910년대에 집필한 희곡은 15편 중 6편만 상연된 사실을 확인할 수 있다. 초기의 작품이 소설처럼 읽힌 것에 비해 1920년대의 희곡은 대부분 연극상연을 위해 무대에 오른 것이다. 결국 총 31편의 희곡 관련 창작 중 무대에서 상연된 작품은 15편이고, 2편의 시나리오는 영화화되었으며, 소설장르에 속해 있는 희곡체 소설과 대화극 각 2편씩을 제외하면 27편의 희곡 및 시나리오 중 19편이 상연되거나 상영된 셈이다. 따라서 무대에서 상연되지 않은 7편의 희곡 및 시나리오와 대화극 2편 등 총 10편이 레제드라마로 남게 된다.

실제로 1918년 9월에 초연(初演)된 『신제이』를 시작으로 다니자키의 희곡 및 시나리오가 각각 상연 또는 상영되어 대중의 평가를 받게 되는데, 1910년 이후 다니자키가 지속적으로 희곡 창작을 집필한 점을 생각해 보면 초연 시기가 꽤 늦은 편이다. 출발기의 희곡 작품에 담긴 의욕과 기대에도 불구하고 8년이나 지난 시점에서 비로소 희곡 창작을 무대에 올리게 되었기 때문이다. 『신제이』에 이어 무대에 올린 『사랑을 느낄 무렵』(1913: 초연 1981), 『봄의 해변』(1914: 초연 1919), 『호세지 이야기』(1915: 초연 1920), 『공포시대』(1916: 초연 1921), 『보름날밤 이야기』(1917: 초연 1919), 『만돌린을 켜는 남자』(1925: 초연 1935) 등도 초연이 늦어졌으며, 그 평가도 찬사와 혹평이 엇갈린다. 소설가로서의 다니자키에 대한 높은 평가와 대중문화 융성의 조류를 타고 연극 상연이 크게 증가하던 다이쇼기의 문화적 상황 등을 고려해 볼 때 다소 의외의 전개이기도 하다.

레제드라마를 중심으로 다니자키의 희곡을 살펴보면, 데뷔를 전후하여 1910년 도쿄(東京)대학의 동인잡지인 제2차 「신사조(新思潮)」 창간호(9월)와 제2호(10월)에 1막극 『탄생』과 『코끼리』를 발표하였으나 상연되지 못했다. 1917년의 『우구이스히메』(1막 5장)와 『어느 남자의 반나절』(1막)도 무대에 오르지 못한다. 1920년에 발표한 『소동파』 역시 3막의 레제드라마이고, 1926년의 『백일몽(白日夢)』과 1933년의 『가오요(顔世)』가 레제드라마의 형식으로 발표되면서 다니자키의 희곡 창작은 중단된다. 여기에 2편의 대화극 『기혼자와 이혼자』(1917), 『가장무도회가 끝난 후』(1918)와 영화화하지 못한 시나리오 『달의 속삭임(月の囁き)』(1921), 희곡이 내재된 소설 『저주받은 희곡(呪われた戯曲)』(1919), 『한여름 밤의 사랑(真夏の夜の恋)』(1919)까지 레제드라마의 범주에 포함시키면 12편의 희곡 관련 창작이 연극 무대

에 상연되지 않은 채 문학작품으로 읽힌 셈이다. 앞서 언급한 것처럼 다니자키의 희곡관련 창작 중 희곡은 무대에서 상연된 희곡의 초연 시기가 비교적 늦었던 점도 당시의 독자들에게 다니자키의 희곡이 소설처럼 받아들여졌기 때문일 것으로 추론된다.

소설가의 희곡 창작에 대한 이러한 독자들의 반응은 다니자키가 희곡 창작에 집중한 1910~20년대에 이른바 '읽는 희곡'의 문학적 가치가 대중들에게 급속하게 확산되고 있음을 나타내고 있어 눈길을 끈다. 당시 일부에서는 레제드라마를 '상연 불가능한 희곡'으로 정의하고 연극계의 성숙과 발전에 기대려는 소설가를 부정적인 시각으로 바라보기도 했으며, 소설가들의 레제드라마 형식의 희곡 창작으로 인해 상연을 전제로 하는 이른바 '실천희곡(實踐戱曲)'이 줄어들고 읽기 위한 '지면상의 희곡(紙上戱曲)'이 유행하게 된 것에 대한 연극계의 불만도 컸다.

이와 관련하여 다니자키는 여러 수필을 통해 무대 상연의 결과 본인의 희곡이 신극(新劇)과는 잘 맞지 않았던 것 같다는 글을 남기거나, 자신은 처음부터 레제드라마를 지향하고 있었다고 밝히고 있다. 하지만 다니자키가 자신의 희곡 창작물에 대해 자신의 의견을 밝힌 것은 그가 희곡 창작을 중단할 즈음이거나, 혹은 어느 정도 시간이 지난 후 이전에 발표한 희곡 작품을 정리하여 재출판하기 위해 발문의 성격을 띤 문장을 작성할 때에 한해서이다. 1910년대 소설가의 희곡 창작을 주도하고 레제드라마 집필 붐의 중심에 서 있던 다니자키였지만 결과적으로 자신의 희곡 창작에 대한 자평(自評)은 그리 밝지 않았고, '문장의 희곡'을 제대로 살려내지 못한 상연작에 대한 아쉬움을 토로하는 문장이 많았던 것이다. 그런 의미에서 다니자키의 희곡 창작은 필연적으로 문학적인 레제드라마일 수밖에 없었던 것이다.

이러한 특징을 바탕으로 다니자키를 비롯한 일본 근대 초기 소설가의 레제드라마 창작에 대해 연극계의 입장에서 좀 더 자세히 살펴보면, 이들 소설가의 희곡 창작 활동이 본격적인 극단 체제의 신극운동이 시작되는 1910년대~1920년대에 걸쳐 두드러지고 있음을 알 수 있다. 근대 창작극운동이 확산되어 가는 이 무렵 연극계의 요청을 받은 소설가들이 소설과 병행하여 희곡을 창작하기 시작한다. 시대의 요청으로 근대 창작극 즉 서구의 연극인 신극이 일본에 유입되고 있었으나, 엄밀하게 말해 당시 연극계의 중심은 가부키와 신파였으며 일반 대중이 생각하는 '극' 형식의 기준도 가부키나 신파에 가까웠다. 다니자키의 초기 희곡이 가부키 무대의 색채감과 몽환적인 분위기를 연상시키는 것도 이러한 상황을 반영하고 있다. 가부키나 신파의 무대에 익숙한 화려하고 신비한 무대 분위기를 연출하기 위해 설명적인 지문을 과하게 사용하거나, 등장인물 대사 및 장면전환이 실증적인 창작극의 상연에 부적합했던 것이다. 신극운동의 주체인 연극계의 시각으로 볼 때 이러한 다니자키의 희곡창작(특히 1920년 이전의 作)은 다분히 신파적이었으며, 상연하기에 적합하지 않은 레제드라마의 인상이 강할 수밖에 없었다.

이후 다니자키가 집중적으로 희곡을 발표하기 시작한 1921~1926년 무렵 다이쇼 데모크라시의 영향으로 일본사회의 분위기가 크게 바뀌어 대중문화, 대량소비의 시대로 접어들게 되었다. 출발기인 1910년 전후에 비해 사회, 문화적으로 자유로운 풍조가 확산되었으며, 문단과 연극계에서도 다양한 실험적인 창작물을 수용할 수 있는 기반이 갖추어진 것이다. 극예술의 상연도 크게 늘어나 신극에 대한 이해도 깊어졌으며, 가부키나 신파적인 분위기의 다소 어색한 무대도 대중적인 흥미와 관심 속에서 소비되고 있었다. 더불어 무대 상연에 다소 부적합한 소설가의 '지면상의 희곡'도 간행물의 범람 속에서 문학적인 이해의 범주로 포함되어 극문학으로 충분히 수용되던 시대이기도 했다.

실제로 다니자키의 희곡 중 다수의 작품이 1920년대에 지속적으로 무대에서 상연되었으며, 대중소비문화의 도래에 호응하여 발표 편수도 점점 늘어났다. 그리고 1920년 이후에는 다니자키의 희곡이 신극뿐만 아니라 신파나 가부키 무대에서도 자주 상연되었다. 1920년대의 자유롭고 개방된 시대분위기 속에서 대중문화시대를 맞이하게 되어 연극적인 '방법'으로 자신만의 표출방법을 모색하던 다니자키의 '문학적'인 희곡도 무대에 오르게 된 것이다. 이러한 변화는 문단과 대중 모두 가부키와 신파, 신극의 명확한 구분과 이해가 다소 부족했음에도 불구하고, 소설가의 실험 정신과 문학적 도전이 연극계에 수용된 것으로 볼 수 있다. 이와 동시에 무대에서 상연되지 못하고 소설처럼 소비되어 왔던 미(未)상연 희곡인 레제드라마도 소설가의 다양한 문학적 표출방법의 하나인 '읽는 희곡'으로 받아들여지게 된다.

그 결과 1920년대의 일본 문단은 다이쇼기의 희곡 전성시대를 구가하게 되지만, 여전히 레제드라마에 대한 명확한 구분과 이해가 이루어지지 않은 채 문단과 연극계의 교류 속에서 모순된 양상을 보여주고 있다. 문단을 통해 실험적이며 예술적인 다양한 희곡이 발표되어 연극계를 성숙시켰지만, 실제 상연에서는 근대적인 극작법과의 괴리가 나타나게 되는 것이다. 다니자키의 경우 이러한 한계를 극복하기 위해 희곡 형식을 바탕으로 한 대화극, 소설체 희곡, 희곡이 내재된 소설을 시도하는 등 다양한 문학적 모색을 하였다. 희곡의 주제개념, 공간 구성, 대사, 갈등, 극적 상황, 구성력, 긴장과 위기감 조성 등을 적극적으로 도입하여 형식적 안정을 도모하는 한편, 영화 시나리오도 발표하며 영화에 대한 관심을 드러내기도 했다.

하지만 일본적인 문화풍토에서 전통예능을 감상하면서 숙성해 온 다니자키의 예술적 감수성은 가부키 풍의 길고 유려한 대사, 과장된 발성법, 인물의 유형화 등의 특징이 두드러진다는 점을 부정할 수 없다. 이러한 다니자키의 희곡 관련 창작의 특성은 소설 작품에서도 엿볼 수 있다. 그가 스스로 자신의 희곡 창작에 대한 반성을 하던 즈음에 문단 내에서는 소설가의 희곡 창작 열풍이 서서히 식어 가고, 1930년대에 들어서면서 소설가의 희곡 창작 열풍이 침체기를 맞이하게 된다. 다니자키도 『가오요』를 마지막으로 희곡 창작을 중단하고 소설을 통한 자기표출에 매진하게 된다.

이후 약 20여 년 동안 소설가의 희곡 창작이 눈에 띄게 감소하고 레제드라마 창작 유행이 사그라졌다. 쇼와(昭和) 중기 무렵 '희곡을 쓰고 싶어 하는 소설가' 미시마 유키오(三島由紀夫)가 등장하여 전후 소설가의 희곡 창작이 재점화되는데, 1950년대에 미시마를 비롯한 엔도 슈사쿠(遠藤周作), 아베 고보(安部公房), 이노우에 히사시(井上廈) 등 동시대에 활약한 소설가들이 문학생애의 마지막까지 소설 창작과 희곡 창작을 병행하고 있다. 이들 소설가들은 자신들의 희곡을 상연할 목적으로 개인 극단을 운영할 정도로 희곡 창작에 몰입하기도 한다. 1950년대 이후의 이러한 레제드라마 창작도 역시 1910~20년대 레제드라마 창작의 연장선상에서 파악할 수 있을 것이다.

역자 후기

역자 후기

희곡은 무대, 관객 등과 더불어 연극을 구성하는 중요한 요소이다. 음악, 미술, 흥행 등의 다양한 예술분야가 희곡과 유기적으로 연결되어 연극무대를 구성하기도 하지만, 희곡 속의 문학성이 발현되어 레제드라마(Lesedrama)라 불리며 읽히기도 한다. 한국과 일본의 근대초기의 희곡에는 이러한 연극적, 문학적 측면이 내재되어 있으며, 사실성을 바탕으로 사회와 인생을 그려내고 있어 근대성이 반영되어 있다. 한국과 일본에서는 문단과 연극계의 교류 속에서 근대 희곡의 성립과 발전이 이루어졌으며, 소설가들의 희곡 창작 활동을 통해 레제드라마라는 형식이 자리 잡게 되었다.

실제로 일본의 소설가 다니자키 준이치로(谷崎潤一郎)의 희곡 및 레제드라마 창작이 일본 근대 창작극(新劇)운동의 확산 속에서 이루어져 왔으며, 본 번역서에서 소개하고 있는 5편의 희곡 관련 작품도 소설가의 희곡 창작이 늘어나고 창작극의 방향이 레제드라마로 집중되었던 이른바 다이쇼기(大正期)의 '희곡시대'를 전후하여 발표된 작품이다. 다니자키는 1910년 『문신(刺靑)』이라는 소설로 문단에 첫발을 내딛자마자, 비슷한 시기에 집필한 『탄생(誕生)』과 『코끼리(象)』라는 1막극을 발표하여 '극'형식을 통한 문학적 표출을 시도하고 있었다. 『탄생』과 『코끼리』는 두 작품 모두 고전적 분위기의 레제드라마이며, 실제 무대에서 상연되지 않았으나 장면 전환에 대한 구성력과 극적 긴장감은 희곡이라는 장르에 도전하기에 충분했다. 본서에서는 이러한 다니자키의 초기 희곡 창작물의 분위기를 소개하기 위해 1913년에 발표된 『사랑을 느낄 무렵』을 번역하였다.

3막으로 구성된 『사랑을 느낄 무렵』은 1981년 9월 가부키좌(歌舞伎座)에서 초연되기까지 오랜 기간 레제드라마로 '읽혀'왔던 희곡이다. 다니자키가 본인의 최애(最愛) 희곡 중 한 편으로 언급한 작품이며, 작중 등장인물의 움직임, 장면의 정황, 조명 및 음악효과에 대한 세밀한 지문, 거침없는 대사 등을 통해 '극'형식에 대한 작가의 자신감이 잘 드러나 있다. 이 작품은 부유한 상인 집안의 서녀인 여주인공 오킨과 적장자이자 상속자인 신타로를 둘러싼 일종의 가권상속 다툼을 그려낸 희곡이지만, 오킨의 여체에 매료되는 신타로의 모습과 등장인물 모두를 압도하는 오킨의 존재감은 초기 다니자키 문학에 자주 등장하는 마조히즘 성향의 남자주인공과 마성(魔性)의 여성이라는 남녀관계의 구조를 '극'형식 속에서 그려내고 있어 흥미롭다.

하지만 소설과 희곡을 병행하여 창작하는 다니자키의 행보는 소설의 문장을 옮긴 듯한 요설(饒舌)풍의 대사와 과장된 분위기로 인해 근대적인 극작법으로 연출하기 힘들다는 평가를 받기도 했다. 『사랑을 느낄 무렵』을 비롯한 1910년대의 희곡 창작물에 대한 문단과 극단의 평가가 엇갈리는 속에서 다니자키는 '지면상의 희곡'이라는 한계에 직면하게 되는데, 이를 극복하기 위해 희곡 형식을 바탕으로 한 대화극, 소설체 희곡, 희곡이 내재된 소설 등 희곡을 기반으로 한 다양한 희곡 관련 작품을 발표한다.

본 번역서에서 소개하고 있는 『기혼자와 이혼자(既婚者と離婚者』(1917), 『흰 여우 온천(白狐の湯)』(1923), 『만돌린을 켜는 남자(マンドリンを弾く男)』(1925), 『돈을 빌리러 온 남자(金を借りに来た男)』(1926)는 1910~20년대에 걸친 다니자키의 고심과 노력이 반영된 희곡 창작물이다. 『기혼자와 이혼자』는 대화극이라는 독특한 형식을 차용한 레제드라마이며, 『흰 여우 온천』은 가부키 무대를 떠올리게 하는 몽환적인 분위기의 1막극이다. 『기혼자와 이혼자』의 극 전반을 관통하는 문학사와 법학사의 대화는 작가 자신의 이혼관련 실생활을 연상시키기도 하는데, 두 남성의 대화 속에 다니자키 자신의 결혼관과 여성관을 투영시키고 있는 점이 특징적이다.

『흰 여우 온천』은 다니자키가 가장 활발하게 희곡을 집필하던 1921~1926년 사이의 작품으로 발표되던 그해에 초연되었다. 달 밝은 밤 흰 여우가 온천물에 몸을 담그고 있는 것을 본 자는 여우에 홀려 버린다는 속설을 바탕으로 다니자키 문학의 여러 모티브가 희곡적으로 재구성되어 있다. 고베의 양복점에서 일하던 가쿠타로가 정신이 이상해져서 고향으로 돌아온 뒤, 밤마다 산골짜기 계곡의 온천탕 주변을 배회하다가 백인여성 로사로 둔갑한 흰 여우에게 홀려 익사한다는 내용이다. 흰 여우의 표상은 다니자키 문학에 자주 등장하는 모티브인데, 이 작품에서는 달빛을 받으며 은은하게 빛나는 여우의 새하얀 털과 백인여성의 하얀 살갗이 오버랩되어 강렬한 인상을 남긴다.

다니자키는 소설을 통해 희고 고귀한 영원(永遠)의 여성상으로서 어머니의 모습에 흰 여우의 이미지를 투영하거나, 마성의 매력으로 남성의 몸과 마음을 모조리 빼앗아 버리는 매혹적인 요부를 흰 여우의 화신으로 묘사해 왔으며, 백인여성의 흰 피부에 대한 동경을 빈번하게 드러내기도 했다. 『흰 여우 온천』에서 가쿠타로가 로사에게 매료되어 로사의 모습을 한 여우에게 홀리는 모습은 백인여성 – 흰 여우 – 미(美)의 표상으로 연결된다. 미의 표상으로서의 여우와 백인여성 로사가 온천탕의 뿌연 수증기, 달빛, 계곡 등의 배경과 어우러져서 신비로운 분위기를 자아내고 있는 것이다. 무대 공간을 머릿속에 떠올려가며 지문의 문장을 읽다 보면 가부키의 한 장면이 연상되기도 한다.

1995년 초연된 1막 2장의 『만돌린을 켜는 남자』에는 호숫가 벼랑 위에 지어진 흰색 양옥집에서 아내와 함께 생활하는 맹인이 등장한다. 도플갱어(doppelgänger)를 모티브로 한 희곡으로, 자신의 아내를 빼앗으려는 남자를 두려워하는 맹인이 그 남자(자기 자신)가 연주하는 만돌린 소리를 피해 도주하다가 호수에 잠겨 죽음을 맞이하는 내용이다. 호수에 비치는 차디찬 달빛과 은은하게 울리는 만돌린 소리를 배경으로 아내를 향한 맹인의 집요하고도 이중적인 애정이 잘 묘사되어 있다. 끝내 모습을 드러내지 않는 만돌린을 켜는 남자는 바로 자신의 그림자, 즉 나를 보는 또 다른 나임에도 그 사실을 부인하며 극도의 불안감을 느끼는 맹인의 자기(自己)부정의 심리를 상징적으로 그려내고 있다.

『돈을 빌리러 온 남자』는 위의 작품들과는 결이 다른 사실적 분위기의 1막극이다. 해외출장을 다녀온 도요타의 집에 평소 자주 돈을 꾸러 오던 하세가와가 방문해서 여행이야기를 나누던 중 출장길에 사 온 시계로 화제가 집중된다. 둘의 대화는 공통의 지인인 우사미의 낡은 회중시계로 이어지는데, 이를 이용하여 하세가와가 도요타에게 사기로 돈을 빌리려 하지만, 마침 그때 우연히 시계 주인인 우사미가 도요타의 집을 찾아오는 바람에 낭패하는 하세가와의 모습이 잘 묘사되어 있어 쓴웃음을 짓게 한다. 궁지에 몰린 인간의 초라한 일면과 어떻게든 돈을 빌리려는 하세가와의 자기희화가 부각되는 일종의 블랙코미디이다. 시계라는 소품을 매개로 세 사람의 대화가 맞물리게 구성되어 있는데, 도요타와 하세가와, 도요타와 우사미, 우사미와 하세가와의 대화 장면이 각각 긴장감 있게 전환되는 점도 특징적이다.

본 번역서를 통해 소개하고 있는 5편의 희곡 이외에도 다니

자키는 약 20여 편의 희곡 관련 작품을 발표하지만, 주로 초기와 중기 문학에 집중되어 있다. 특유의 구술적(口述的)인 문체와 가부키적인 과장으로 인해 자연주의적 리얼리즘을 추구하던 당시의 신극 무대에 선뜻 수용되기 어려웠지만, 이른바 '가타리(語り)'라는 희곡적 지문식 서술형식을 모색해 가는 다니자키 문학의 특징을 감안하면 200여 편에 달하는 작품 활동 중 희곡 관련 작품이 차지하는 비중은 결코 적지 않다. 본서에서는 다니자키의 희곡 중 '읽는 희곡'으로서의 가치를 발하고 있는 일부 작품을 번역하여, 다니자키가 소설가의 입장에서 지속적으로 16, 7년의 기간 동안 희곡 창작을 계속해 온 의미를 되새겨 보고자 하였다. 그리고 실제 레제드라마 작품을 감상하면서 한국과 일본에서 10~20년의 간격을 두고 1910~40년대에 걸쳐 동시대적으로 진행되어 온 소설가의 희곡 창작과 레제드라마의 유행의 실체를 확인해 보고자 하였다.

다니자키의 희곡에 재재된 문학적 함축성과 지문의 정황을 파악하여 원문의 분위기를 살리면서 번역하고자 하였으나 일본의 전통예능과 문화를 옮기는 데에 고심이 많았다. 한국어로 번역하기 어려운 일본 고유의 표현 및 개념은 별도의 역자 주를 덧붙여 보충하였으나 부족한 부분에 대해서는 질책해 주시길 바란다.

일본근대 소설가의 레제드라마라는 비인기 분야의 번역서라 고심이 많으셨음에도 이 책의 발간을 허락해 주신 산지니 출판사 대표님께 감사의 말씀을 전하며, 그동안 교정과 구성 등 출판 전반에 도움을 주신 편집자님을 비롯한 관계자 여러분들께 깊이 감사드린다.

2021년 5월

나승회

:: 산지니 문학 ::

희곡

비어짐을 담은 사발 하나 최은영 희곡집 ***2016 세종도서 문학나눔 선정도서**

그 섬에서의 생존방식 김지용 희곡집 ***2014 세종도서 문학나눔 선정도서**

나! 테러리스트 정경환 희곡집

소설

유토피아로 가는 네 번째 방법 정광모 장편소설

오후 네 시의 동물원 서정아 소설집

콜트45 정광모 소설집

바람, 바람, 코로나19 문선희 소설집

봄밤을 거슬러 정미형 소설집

캐리어 끌기 조화진 소설집 ***2020 한국문화예술위원회 문학나눔 선정도서**

사람들 황경란 소설집 ***2020 한국문화예술위원회 문학나눔 선정도서**

지옥만세 임정연 장편소설 ***2020 6월 책씨앗 추천도서 *2020 한국문화예술위원회 문학나눔 선정도서**

실금 하나 정정화 소설집

맥박 정형남 소설집

팔팔 끓고 나서 4분간 정우련 소설집

데린쿠유 안지숙 장편소설

마살라 서성란 장편소설

랑 김문주 장편소설

볼리비아 우표 강이라 소설집

방마다 문이 열리고 최시은 소설집 ***2019 부산작가상 수상도서**

유산 박정선 장편소설

생각하는 사람들 정영선 장편소설 ***2018 요산김정한문학상 수상도서**

거기서 도란도란 이상섭 팩션소설집 ***2018 이주홍문학상 수상도서**

나는 장성택입니다 정광모 소설집 ***2018 한국문화예술위원회 문학나눔 선정도서**

우리들, 킴 황은덕 소설집

명랑한 외출 김민혜 소설집 ***2018 한국문화예술위원회 문학나눔 선정도서**

유마도 강남주 장편소설 ***2018 대한출판문화협회 청소년도서**

폭식광대 권리 소설집

사할린 이규정 현장취재 장편소설(전3권)

내게 없는 미홍의 밝음 안지숙 소설집 ***2017 세종도서 우수문학도서**

가을의 유머 박정선 장편소설

노루똥 정형남 소설집

쓰엉 서성란 장편소설 ***2017 세종도서 문학나눔 선정도서 *2017 부산문화재단 우수도서 *2017 부산국제영화제 아시아필름마켓 북투필름 참가작 선정도서**

독일산 삼중바닥 프라이팬 오영이 소설집

고래그림비 유익서 소설집 ***2016 세종도서 우수문학도서**

토스쿠 정광모 장편소설 ***2016 세종도서 우수문학도서**

칼춤 김춘복 장편소설

진경산수 정형남 소설집

씽푸춘, 새벽 4시 조미형 소설집

아디오스 아툰 김득진 소설집

붉은 등, 닫힌 문, 출구 없음 김비 장편소설

내 안의 강물 김일지 소설집

끌 이병순 소설집 ***2015 부산작가상 수상도서 *2016 세종도서 우수문학도서**

레드 아일랜드 김유철 장편소설 ***2015 부산국제영화제 아시아필름마켓 북투필름 참가작 선정도서**

날짜변경선 유연희 소설집 ***2015 세종도서 우수문학도서**

다시 시작하는 끝 조갑상 소설집

조금씩 도둑 조명숙 소설집

번개와 천둥 - 소설 대암 이태준 이규정 장편소설 ***2015 부산문화재단 우수도서**

편지 정태규 창작집 ***2015 세종도서 우수문학도서**

고도경보 김헌일 항공소설집

청학에서 세석까지 정태규 소설집

이상한 과일 서정아 소설집

감꽃 떨어질 때 정형남 장편소설 *2014 세종도서 우수문학도서

만남의 방식 정인 소설집 *2015 백신애문학상 수상도서

목화 - 소설 문익점 표성흠 장편소설 *2014 세종도서 우수문학도서

치우 이규정 소설집 *2013 문화예술위원회 우수문학도서 *2014 이주홍문학상 수상도서

서비스, 서비스 이미욱 소설집

작화증 사내 정광모 소설집 *2013 문화예술위원회 우수문학도서 *2013 부산작가상 수상도서

장미화분 김현 소설집 *2013 문화예술위원회 우수문학도서

밤의 눈 조갑상 장편소설 *2013 문화예술위원회 우수문학도서 *2013 만해문학상 수상도서

즐거운 게임 박향 소설집 *2012 한국도서관협회 우수문학도서 *2012 부산작가상 수상도서

삼겹살 정형남 장편소설 *2012 문화체육관광부 우수교양도서

한산수첩 유익서 소설집 *2012 한국도서관협회 우수문학도서 *2012 성균관문학상 수상도서

댄싱맘 조명숙 소설집 *2012 한국도서관협회 우수문학도서 *2012 이주홍문학상 수상도서

1980 노재열 장편소설

불온한 식탁 나여경 소설집 *2011 한국도서관협회 우수문학도서 *2011 부산작가상 수상도서

물의 시간 정영선 장편소설 *한국문화예술위원회 문학창작지원 도서

테하차피의 달 조갑상 소설집 *2010 문화체육관광부 우수교양도서 *2011 이주홍문학상 수상도서

그는 바다로 갔다 문성수 소설집

부산을 쓴다 정태규 외 27인 지음 *2009 부산시 원북원부산 후보 도서

우리 집에 왜 왔니 - 처용아비 박명호 소설집

빛 김곰치 장편소설 *2008 문화예술위원회 우수문학도서

달콤쌉싸름한 초콜릿, 이야기 옥태권 소설집 *2008 부산작가상 수상도서

길 위에서 정태규 소설집 *2008 이주홍문학상 수상도서

외국문학

임서가 들려주는 강호 이야기 임서 지음 | 한지연 옮김

해상화 열전 한방경 지음 | 김영옥 옮김(전2권) *2019 세종도서 우수교양도서

마니석, 고요한 울림 페마체덴 지음 | 김미헌 옮김

빌헬름 텔 인 마닐라 아네테 훅 지음 I 서요성 옮김

올가의 장례식날 생긴 일 모니카 마론 지음 I 정인모 옮김

마르타 엘리자 오제슈코바 지음 I 장정렬 옮김

화염의 탑 후루카와 가오루 지음 I 조정민 옮김

비소설

문학/사상 3: 오키나와, 주변성, 글쓰기 구모룡 외 지음

맥시멀라이프가 싫어서 신귀선 지음

선생님의 보글보글 이준수 지음

나절로 인생: 수촌거사 칠순 문집 장동범 지음

블로거 R군의 슬기로운 크리에이터 생활 황홍선 지음

보존과 창조: 현대 시조의 시학 구모룡 지음 ***2021 한국문화예술위원회 문학나눔 선정도서**

걸어서 들판을 가로지르다 박향 지음

좋은 문장을 쓰고 싶다면 이진원 지음

고인돌에서 인공지능까지 김석환

할머니 이야기를 들려주세요: 인터뷰 글쓰기 잘하는 법 은정아

타고르의 문학과 사상 그리고 혁명성 박정선 비평집

나도 나에게 타인이다 소진기 에세이 ***2020 한국문화예술위원회 문학나눔 선정도서**

문학/사상 2: 주변성의 이행을 위하여 최진석 · 윤인로 외 지음

우아한 여행 박미희 지음

나는 개성공단으로 출근합니다 김민주 지음

저는 비정규직 초단시간 근로자입니다 석정연 지음 ***2020 한국출판산업진흥원 책나눔위원회 2월의 추천도서**

오전을 사는 이에게 오후도 미래다 이국환 지음 ***2020 원북원부산 올해의책 *2019 12월 국립중앙도서관 사서추천도서**

베를린 육아 1년 남정미 지음

유방암이지만 비키니는 입고 싶어 미스킴라일락 지음

내가 선택한 일터, 싱가포르에서 임효진 지음 ***2020 한국출판산업진흥원 청소년 북토큰 지원사업 선정도서**

내일을 생각하는 오늘의 식탁 전혜원 지음

문학/사상 1: 권력과 사회 구모룡 · 윤인로 외 지음

보약과 상약 김소희 지음

닥터 아나키스트 정영인 지음

나뭇잎 칼 양민주 지음

일기 여행 말린 쉬위 지음 | 김창호 옮김 *2019 세종도서 우수교양도서

시로부터 최영철 에세이

엔딩 노트 이기숙 지음

모바일만 들고 떠나는 중국 남방도시 여행 이중희 지음

홍콩 산책 류영하 지음 *2019 한국문화예술위원회 문학나눔 선정도서

우리들은 없어지지 않았어 이병철 에세이 *2019 한국문화예술위원회 문학나눔 선정도서

부산 탐식 프로젝트 최원준 지음

그날이 올 때까지 김춘복 에세이 *2018 한국문화예술위원회 문학나눔 선정도서

다독이는 시간 김나현 에세이 *2019 문정 수필문학상 수상도서

시인의 공책 구모룡 에세이 *2018 한국문화예술위원회 문학나눔 선정도서

동네 헌책방에서 이반 일리치를 읽다 윤성근 지음 *2018 한국문화예술위원회 문학나눔 선정도서

습지 그림일기 박은경 글 · 그림 *2020 환경부 우수환경도서 *2018 대한출판문화협회 청소년교양도서

이렇게 웃고 살아도 되나 조혜원 지음 *2018 한국문화예술위원회 문학나눔 선정도서 *2020 환경부 우수환경도서

을숙도, 갈대숲을 거닐다 이상섭 에세이 *2018 한국문화예술위원회 문학나눔 선정도서

촌놈 되기: 신진 시인의 30년 귀촌 생활 비록 신진 산문집

지리산둘레길 그림편지 이호신 그림 | 이상윤 글

산골에서 혁명을 박호연 에세이 *2018 한국문화예술위원회 문학나눔 선정도서

The Wonderful Story Club 박신지 지음

구텐탁, 동백 아가씨 정우련 에세이

500파운드와 자기만의 방 정문숙 지음

이니스프리, 그 이루지 못한 꿈 김완희 지음

지리산 아! 사람아 윤주옥 지음

삐딱한 책읽기 안건모 지음 ***2017 세종도서 우수교양도서**

초월명상과 기 수련 김노환 지음

지역에서 행복하게 출판하기 강수걸 외 지음 ***2015 출판문화산업진흥원 우수출판콘텐츠 선정도서**

귀농 참 좋다 장병윤 지음

그 사람의 풍경 화가 김춘자 산문집 ***2017 세종도서 문학나눔 선정도서**

기차가 걸린 풍경 나여경 여행산문집 ***2013 문화예술위원회 우수문학도서**

길 위에서 부산을 보다 부산 스토리텔링북 | 임회숙 지음

감천문화마을 산책 임회숙 지음

이야기를 걷다 조갑상 지음 ***2006 문화예술위원회 우수문학도서**

불가능한 대화들 염승숙 외 18인 지음 ***2011 문화체육관광부 우수교양도서**

불가능한 대화들 2 정유정 외 15인 지음

문학을 탐하다 최학림 지음 ***2013 부산문화재단 우수도서**

모녀 5세대 이기숙 지음 ***2015 한국출판문화산업진흥원 청소년 권장도서**

나는 나 가네코 후미코 옥중 수기 | 가네코 후미코 지음 | 조정민 옮김

짬짜미, 공모, 사바사바 최문정 지음

동백꽃, 붉고 시린 눈물 최영철 산문집 ***2008 문화예술위원회 우수문학도서**

의술은 국경을 넘어 나카무라 테츠 지음 | 아시아평화인권연대 옮김

북양어장 가는 길 미시적 사건으로서의 1986~1990년 북태평양어장 | 최희철 지음

히말라야는 나이를 묻지 않는다 이상배 지음

지하철을 탄 개미 김곰치 르포산문집 ***2011 한국도서관협회 우수문학도서**

나의 아버지 박판수 안재성 지음

신불산 빨치산 구연철 생애사 | 안재성 글·구연철 구술

유쾌한 소통 박태성 지음

늙은 소년의 아코디언 김열규 산문집 ***2012 한국도서관협회 우수문학도서**

현재는 이상한 짐승이다 전성욱 지음

아버지의 구두 양민주 수필집 ***2015 원종린 수필문학상 작품상**

우리는 행복하기 위해 세상에 왔다 구정회 산문집

봄날에 만난 아름다운 캠퍼스 목학수 지음

브라보 내 인생 손문상 화첩 산문집

유배지에서 쓴 아빠의 편지 박영경 지음

길에게 묻다 동길산 산문집

미완의 아름다움 이상금 산문집 ***2009 문화체육관광부 우수교양도서**

김석준, 부산을 걷다 김석준 지음 | 화덕헌 사진

석당 일기 석당 정재환 지음

왜 사느냐고 묻거든 박병곤 칼럼집

랄랄라 책 책으로 성장하는 청춘의 모습 | 책 읽는 청춘 지음

저승길을 물어서 간다 박선목 수필집

산지니시인선

001 금정산을 보냈다 최영철 시집 ***2015 원북원부산 선정도서**

002 소금 성자 정일근 시집 ***2016 세종도서 문학나눔 선정도서**

003 석간신문을 읽는 명태 씨 성선경 시집

004 봄 꿈 조향미 시집

005 그냥 가라 했다 강남옥 시집

006 쪽배 조성래 시집

007 사슴목발 애인 최정란 시집 ***2017 세종도서 문학나눔 선정도서**

008 당신은 지니라고 부른다 서화성 시집

009 나는 기우뚱 이지윤 시집

011 은근히 즐거운 표성배 시집

012 나이지리아의 모자 신정민 시집

013 다다 서규정 시집 ***2016 세종도서 문학나눔 선정도서**

014 맨발의 기억력 윤현주 시집

015 새로운 인생 송태웅 시집 ***2018 한국문화예술위원회 문학나눔 선정도서**

심폐소생술 이근영

오후 다섯 시(詩)의 풍경 이몽희 외

그대의 흔적에 귀의합니다 김창호 시집

파미르의 밤 칭핑 외 7인 지음 | 김태만 옮김 ***2012 대한출판문화협회 청소년도서**

입국자들 하종오 지음 ***2009 대한출판문화협회 청소년도서**

그대 홀가분한 길손으로 손경하 시집

무위능력 김종목 시조집 ***2016 부산문화재단 올해의 문학 선정 작품집**

슬로시티 김종목 시조집

붉은 폐허 김일석 시집

조까라마이싱 김일석 시집

숲의 정신 이동순 시선집

필연 사라, 김노환 지음

아버지의 웃음 하계열 시집

인연 정민자 시집